宇宙超度指南

李诞

著

江苏凤凰文艺出版社
JIANGSU PHOENIX LITERATURE AND
ART PUBLISHING

图书在版编目（CIP）数据

宇宙超度指南 / 李诞著 . -- 南京 : 江苏凤凰文艺
出版社 , 2022.10
ISBN 978-7-5594-7220-5

Ⅰ . ①宇… Ⅱ . ①李… Ⅲ . ①故事 – 作品集 – 中国 –
当代 Ⅳ . ① I247.81

中国版本图书馆 CIP 数据核字 (2022) 第 190656 号

宇宙超度指南

李诞　著

责任编辑	周颖若	
特约编辑	胡瑞婷	
装帧设计	CINCEL at 山川制本	
出版发行	江苏凤凰文艺出版社	
	南京市中央路 165 号，邮编 : 210009	
网　址	http://www.jswenyi.com	
印　刷	河北鹏润印刷有限公司	
开　本	787mm × 1092mm　1/32	
印　张	7.75	
字　数	130 千字	
版　次	2022 年 11 月第 1 版	
印　次	2022 年 11 月第 1 次印刷	
书　号	ISBN 978-7-5594-7220-5	
定　价	52.00 元	

江苏凤凰文艺版图书凡印刷、装订错误，可向出版社调换，联系电话 025-83280257

这是个全新的故事，也是旧故事。读过《扯经》或没读过，完全不影响阅读。

把这个设定看作《扯经》的平行宇宙也好，看作空舟和澈丹活了几千年也行。总之，在这个世界里，人类以光年为单位穿梭宇宙，有些人活在自己像城市一样的飞船里，也有人活在各种奇怪的行星上——和当地的外星人一起。

空舟、澈丹师徒，乘坐自己的小飞船，从一处到另一处，超度各式各样的死者，当然，要收一点点钱（有时如果死去的不是什么好人，就收很多），这是他们在宇宙中经营的生意。

他们的飞船，叫奈何船；他们的顾客，称他们为度魂僧。这是一本宇宙超度指南。

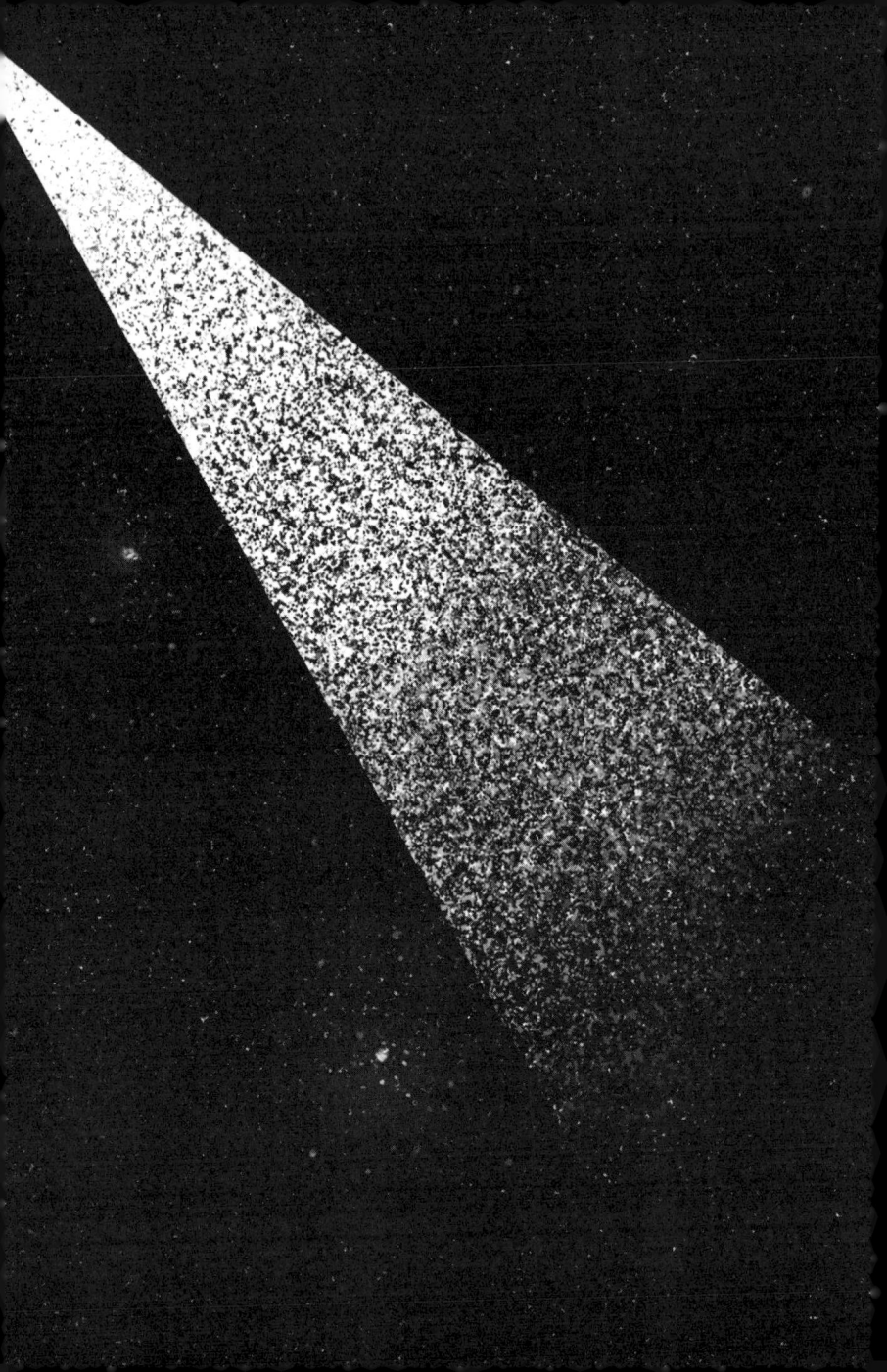

老张求死

总是有人在死去，这是宇宙中唯一可以确定的事。——空舟禅师

1

澈丹醒来时,窗外正刮着风,天蓝,太阳高远不刺眼,院子里的菩提树在落叶,一切看起来就跟在遗寺差不多,除了菩提树叶掉到地上抖一抖,就消失不见之外。

澈丹爬起来,嘀咕一声"过过冬天吧",外面就下起了雪。

这个模拟舱是一次工作的报酬,那位建模师是个日本人,坚持只模拟他心中古朴典雅的场景。模拟舱行业在全宇宙竞争是如此激烈,有大公司以星球为单位建设模拟世界,像他这样的小公司自然难以为继,连年亏损。

空舟:"小其实不可怕,可怕的是小还有自己的坚持。"

这是当时空舟带着澈丹去给这位建模师超度时说的。建模师的儿子已经决意加入大型公司施展抱负,父亲的公司关闭歇业,这位儿子提出暂时没钱给空舟支付超度费用,等以后再还。空舟说:"你父亲死前是不是还建了个寺庙的模型,带四季变化的，没卖出去？"

儿子："啊，禅师果然好法力，你是怎么知道的？"

空舟："哦，你爸告诉我的。没钱就把那个给我吧。"

儿子："它能装点禅师的家，也算我爸心血没有白费。"

"我没家，"空舟说，"我是装在飞船上，所以还得麻烦你调试一下。"

调试过程中儿子提出他爸在设计时有很多奇怪的细节，比如秋天落叶掉地就消失，这显然不够真实。

空舟："这个不用改，你就把房子和树改得像我给你的图一样就行。"

空舟给的是遗寺的图，那是空舟和澈丹在地球上出家的寺庙，如今还在地球上，只是没什么人了。

澈丹问过他师父："为什么不让落叶真实一点？"

空舟："落叶本来就是假的。"

2

这个模拟场景问题很多，比如刚刚下雪时忽然雪里就钻出只北极熊，抱住澈丹说了句日语，又消失了。

澈丹已经习惯了这种事，没有太过惊吓。为了在宇宙中做生意，空舟和澈丹长期服用多言草，这个草最早是在哪个行星上被发现的人们已经忘了，功效是吃了后可以听懂不同的语言。

北极熊刚才对澈丹说的是："三界皆苦。"

澈丹走到大殿，空舟正坐着喝茶，因为几个月没去过陆地，茶叶早就泡得没味儿了。

澈丹："师父，今天要做法事了？"

澈丹看见大殿上灯火通明，佛祖造像座下莲花舞动，这种模拟效果是挺耗费能源的，已经有几个月没开过，澈丹猜今天是要去某个星球了。

空舟："嗯。"

澈丹："哪里啊？"

空舟："说了你也不知道。"

澈丹有些失落，不是回地球，就意味着不能回遗寺，不能回遗寺，就意味着见不到小北。虽然小北现在也不一定在地球——遗寺中人都另有生意，散落宇宙，见一面很难。

大方丈说过："宇宙越大，人心越慌；人心越慌，就越需要我们。"

澈丹："这次过世的是地球人还是外星人？"

空舟："是个机器人。"

3

机器人叫老张，是生产商给起的。这款机器人的主要工作是清理浴室下水道口的头发，以及为家庭的新生儿起名，并安排抓周。有些版本的老张还肩负教孩子威士忌品鉴方法的职责。

老张是高智能机器人，可在当地几乎只负责前两项任务，第三项很快因其他机器人制造商的起诉取消了。机器人制造商的过度竞争和反垄断法的高度发达是这个星球对外宣传招揽游客时反复强调的当地特色。

澈丹："师父，有人会因为这些原因来这个星球吗？"

"那你说有人会因为一个叫老张的机器人要死了而来这个星球吗？"空舟说，"你不也来了。"

来不来我说了算吗？澈丹心里想，没说出口。

联系空舟的是老张，说自己要办葬礼，经过搜索，在全宇宙几千万种宗教里选择了佛教法事，智能算法找到了空舟有回喝醉贴在某个酒吧厕所里的广告。

老张："空舟师父，麻烦你了，看你写了'价格面议'，我这里有珍藏多年的威士忌，不知道你爱不爱喝。"

并发来了酒柜图片，空舟看了说，爱喝。

师徒两人根据地址到了老张家门口，不太好找，这星球上房子样式几乎全一样，可能也是反垄断法的功劳。

澈丹："师父，一个机器人办什么葬礼。"

空舟："一个机器人有威士忌，想办什么都可以。"

4

开门的就是老张，澈丹刚在街上已经看见过长这样的机器人，简单来说，就是跟人一样，不过年龄各有不同，感觉是从三十到五十。

老张："小师父眼力不错，我们这个型号的机器人，使用寿命设定就是二十年零六天。"

看起来老张有六十岁了，澈丹："那您也是午限到了？"

老张没回答澈丹的问题，把师徒俩请进了家里："空舟师父，法事什么时候能办？"

空舟："这一般不是我说了算。"

老张笑了："只要我准备好了，随时能办？"

空舟点着头，眼睛往酒柜上瞅。老张过去拿了杯子："小师父喝吗？"

澈丹："喝。"

老张边倒酒边说："那就明天办吧，我的朋友要是肯帮忙，我今天下午就能安全自毁，明天超度。"

空舟闻了闻，酒确实不错。"好啊，都随你。"

"随不了我啊，佛法不是讲缘起缘灭吗？我的缘分，还差了一点。"老张说着打开了卧室的门，里面有个男人被绑在床脚，眼里很多泪水，"我这位朋友，还得禅师帮着劝一劝。"

看得出那是个人类，澈丹手里的酒还没喝，一下想起出过机器人发疯变成杀人魔的事，赶紧把酒杯放下了。

空舟看了看屋里的男人，喝了口酒说："这得另加钱。"

5

被绑着的男人复姓白老，单名一个"四"字。这个名字是老张取的，白老四也是老张带大的。

说是老张带大的不够严谨，是老张和几十个白老家雇用的其他机器人一起带大的。其中老张负责的项目是清理下水道，给白老四取名，安排他抓周，以及教他威士忌的品鉴方法。

老张给白老四松绑以后，对方说的第一句话是："你不能死啊。"

带着哭腔。

白老四看着二十出头，澈丹上去帮忙搀扶："施主施主，有什么话喝口酒再说。"

白老四："两位师父，我知道你们是干吗来的，老张确实是佛教徒，可他是个机器人啊，怎么超度？两位请回吧，麻烦让你们跑了一趟，酒拿走做报酬好不好？"

空舟："好。"

说完起身，澈丹拉住他："师父你听老张说说呗。"

空舟："我来之前看你们这儿的法律了，这里民风还比较淳朴，人仍然拥有机器人的全部所有权，没像别的地方那样争取机器人人权什么的。你不让他死，他是不能死的。"

空舟看看地上的绳子："我就是有一件事没明白，按说你不让他绑，他也不能绑。"

"那是因为我早就该死了，"老张说话了，"我还没死，是因为我早就不是我了。"

老张几年前就过了使用年限，按法律应该报废自毁，可白老四不舍得。白老四父母都在机器人制造公司工作，用了些办法，让白老四帮老张更换了零件，延长了寿命，但对他的控制也削弱了。

老张："也就是说我越活越像个人了。"

事实上，这个星球的居民几乎都在机器人制造公司上班，他们每天的工作就是制造出各种各样的机器人，让机器人满足他们各种各样的需求，好让他们能准时来到公司，继续生产各种各样的机器人。澈丹想，这其中的无意义是如此容易察觉，不知此地自杀率如何。

这是澈丹想多了。白老四，包括其他居民，其实一直没有察觉，他们已经习惯了这样的生活，而每家都会雇用专门负责教授价值观的机器人，这种机器人又都是当地人自己设计的，价值观十分自洽，不会让任何人产生任何关于生存和宇宙的疑问。此地世界是个稳固的圆。

白老四后来对周遭一切产生怀疑，正是由于他对老张的改造，让老张跳出了圆。这个星球制造机器人的能力确实优秀，所有机器人智力都高度发达，只是因为制造者对他们的设定，每人所负责的工作细微具体，让智力无法全部发挥。老张在改造醒来后对白老四说的第一句话是："谢谢你。"

第二句话是："我以后要越活越像个人。"

第三句是："白老四，你也是。"

为了不惊动白老四父母和家里其他机器人，老张只在教威士忌品鉴时与白老四交流他对生存和宇宙的看法，老张大概也是在那时开始学习佛法的。

白老四："人生有泥煤味，也有木桶味，没喝醉过的人会说那都是苦味，喝醉过的人才知道，那确实就是苦味。这是老张教会我的。"

澈丹边听边点头，空舟又喝了一口："那怎么想到要死了？"

白老四："我怀疑是程序没调好，我正在想办法，我不想让他死。"

"白老四啊，"老张笑眯眯，"跟你说多少次了，你们哪会调程序啊，这个星球上除了没有目的地活着以外，有哪一件事不是机器人办的？"

白老四沮丧点头，空舟看他一眼："这种话你就别往心里去了，我怕也得给你做法事。"

白老四："我已经决定不这样活着了，我要离开这个星球，去宇宙里闯一闯，老张，你也应该跟我一起去宇宙中看看，最好的威士忌永远是下一瓶，这不是你教我的吗？"

"我必须得死，这不是什么心理问题，这是我想通了的道理。"老张给空舟把酒杯倒满，"我就是想像个人。死亡才是人和机器人的根本区别，只有死了，我才是人。"

6

那天三个人加一个机器人把白老四家的威士忌全喝完

了。空舟喝多了以后讲了很多佛理，也讲了很多不是佛理的东西，不过最多的还是脏话。具体说了什么，澈丹已经不记得了，白老四也不记得了，第二天酒醒了以后，唯一记得的事是老张的自毁程序已经设定好，经过了白老四同意。那天早上老张最后一次帮白老四清理了下水道口，并为他预订了新的老张。

老张："知道你要去闯宇宙了，出去带个机器人干啥也方便，就还买老张吧，便宜，又啥都会。"

白老四眼泪在昨天就哭干了，可听完老张的话又哭了出来："你这就跟他们走了？"

为使诀别不那么伤感，按时间设定，空舟和澈丹会带老张回奈何船上自毁。这个星球制作工艺发达，机器人自毁不产生危险，也不制造垃圾。

老张："你说说，死了连垃圾都没有，还不死等啥？"

老张说完看白老四又要哭，赶紧笑两声："我开玩笑呢，现在人死了也一样没垃圾。"

空舟："行了快走吧，你那些酒只够我等这么一会儿的。"

"白老四，我再送你一句话吧。"老张向门口走去，空舟师徒宿醉未醒，摇摇晃晃，停下来听他要说什么。

老张："一瓶酒如果不喝，它始终都不是一瓶酒。"

7

老张在院子里的雪地上坐了没一会儿，就消失了。

澈丹："师父，我模模糊糊记得，其实老张的自毁程序就是他自己设置的，本来也不需要白老四同意吧？"

空舟："老张要白老四同意，不是为了自己，是为了白老四。"

澈丹想了想其中的道理，觉得老张可能还真是学过佛法。

澈丹："师父，他最后那句话什么意思？"

空舟："一个机器人喝多了说的话，就别听了。"

澈丹："你说白老四离开了那颗破星球，去了宇宙里，人生观能健康点吧？"

空舟："那颗星球难道不在宇宙里吗？"

空舟坐在了老张消失处的旁边，澈丹也赶紧坐下。

空舟双手合十："拿人钱财，替人超度，诵经吧。"

雪地上还有老张坐过的印子，一头北极熊嘴里叨叨着日语凭空出现，也挨着空舟师徒坐下了。

雪又下起来。

黑洞送别

对于死去的人来说，死去的是我们。

——空舟禅师

1

奈何船船载机器人曹德奉空舟之命，在研究一种茶。

空舟说自己有回喝多了，被一个 π 星女人带到了不知什么地方，那女的长得挺美——以 π 星标准，全身一切部位都是圆的。空舟自认为不是一个有种族歧视的人，但也实在不想和她发生太多关系。正当空舟想着该找什么借口离开时，π 星女告诉他，当地的礼拜时辰到，全星球的人要聚到圆形广场上向空中跟他们的脸一样圆的恒星背诵圆周率。

空舟虽然数学不好，也听出那圆周率是错的，3.2415928……怕是因为多言草失效了不能识别外星语言，空舟还把身上带的都吃了。又听了听，确实是错的。

为了在宇宙中活得快乐，空舟早已习惯了对这样的问题放弃思考。真正使他耿耿于怀的，是那女人离开时给他留下的一杯茶。

"我妈自己沏的，全宇宙只有我家有，你尝尝。"说完，用圆圆的上嘴唇和圆圆的下嘴唇亲了亲空舟的脸，"杯子不要打破哦，那是我爸爸的遗物，等我回来呀。"

"显然我不可能等她回来，我也就没再喝过那种茶。"空舟拿出一个从所有角度看都是圆形却偏偏能装水的杯子，对曹德说，"不过我把茶杯偷回来了，你研究一下，今天下午给我泡一杯。"

澈丹认为师父的要求就像他的这段经历一样荒谬，更荒谬的是曹德说："好的师父，我懂了。"

澈丹："好啥啊，你懂啥了。"

"师父有种族歧视，伤了一个异性的心，偷了人家父亲的遗物，却对一杯茶念念不忘，"曹德眼中泛起热泪，"空舟禅师果然是深情的人啊。"

澈丹："深情个屁啊，你这个价值观系统是谁装的，几年没更新了？"

庙门口的钟响了一声，空舟从椅子上站起来，每次有人通过空舟留在广告上的联系方式预约超度时，门口的钟就会响。当然，有风吹过的时候也会响。

空舟："我去看看是不是有生意了，荤荤。"

一头霸王龙从菩提树下跑出来，空舟骑了上去。这是有回超度，空舟向他的朋友小丑要的报酬，他坚称这头恐龙留在小丑身边，小丑肯定还会把脑袋伸进龙嘴里寻死，完全不顾离别时恐龙和小丑有多不舍得彼此。

这头恐龙来历不明，始终不知道是时间贩子倒卖的真货，还是用基因技术制造的。拿回奈何船，空舟对荤荤进行了改造。在很多星球生物改造都是违反法律和伦理道德的，空舟面对这个困境的选择是，不去那些星球就好了。霸王龙身体被缩小，智力提升，可以适应飞船上的生活，且开始爱吃甜食和鱼，喜欢睡觉，受到惊扰会跳到高处。澈丹实在想不通自己之前要养猫为什么空舟不同意，空舟的解释是："猫掉毛。"

为了荤荤，模拟舱也进行了改造，可以变成侏罗纪风貌。空舟最喜爱的娱乐项目是在荤荤睡着时让模拟舱变出火山，然后喷发。

"灭绝啦，要灭绝啦。"每当这时，空舟就会命令曹德这样大喊。

因此荤荤的睡眠异常差，神经衰弱也很严重，被取了这样的名字，也没有太多精力反驳。

澈丹心中希望是有生意来了，这样就可以不用待在船上看师父的种种恶形恶状。曹德还在刚刚站着的地方，捧着杯子，看着空舟骑着荤荤离去的背影。

"你目送个屁啊！"澈丹真的需要去宇宙中透透气。

2

这次的雇主不是一个人，而是一个星球。

星球叫黑边星，听完地址澈丹就明白了是怎么回事，这星球在黑洞边上。

星球的存在历史已不可回溯，只知道马上就要走到尽头——它终于要被黑洞吸进去了，全星球的人也早就做好了撤离准备。

澈丹："那是要超度这个星球？"

"嗯，"空舟摸着荤荤的头，"还有一个人。"

那个人不肯离开，他的年纪也像这星球的历史一样不可考，据说他知道星球的历史，可惜他已经疯了，失去了全部记忆。在疯掉之前，他是黑边星上最伟大的科学家，如今居民用来撤离的飞船，都仰赖他推导出的公式。所有人都认识他，所有人都崇敬他，所有人都尊称他为：船长。

澈丹看到船长时，觉得这老头儿确实是疯了。

他骑着一辆自行车，车把上挂着个头盔，身上穿着破烂的袍子，在黑边星空旷无人的大街上穿行，白色的头发茂密杂乱，嘴里唱着歌，歌词听不懂，当地人也听不懂。

黑边星很小，大部分地貌是峡谷，深不可测，所有居民都集中生活在一个城市里，人口加在一起不超过百万。

此刻绝大多数人已经登上了离开的飞船，其实人们在那艘飞船上就足以生活下去，利用船长的公式造出的飞船，在全宇宙中也算先进。

接待空舟的是黑边星本周的最高领导人和第一夫人。黑边星的政治制度是全体居民，不论年纪，轮流统治星球，除了船长之外。这个制度也是在船长不再担任领导人之后开始实施的。

澈丹："你们这样居然没发生过政变吗？"

领导人："我们黑边星人有更高的追求。"

领导人未做进一步解释，澈丹也就没再追问。

领导人："我们希望能跟黑边星有个正式告别，我们查过很多家做葬礼、告别仪式之类的公司，都称不会给星球做葬礼，所以请了你们。"

澈丹想起来，空舟那张广告上写了："我们负责超度一切。"

领导人："据计算，明天黑洞就会吞噬黑边星，请在那时为它超度吧。"

空舟和澈丹坐在领导人的办公室里。东西都搬得差不多了，在这里说完基本情况，师徒两人也要跟他一起去撤离的飞船上，在那里完成诵经。澈丹跟领导人聊天时空舟一直没说话，只是看着窗外的街道，船长时不时出现在那里。

澈丹："那位船长呢？"

"随他去吧，"第一夫人的语气像领导人一样不带感情色彩，"他想死我们也没有办法。"

澈丹："听说他曾经是你们这儿最受尊敬的人？"

领导人："他曾经都不是我们这里的人，这你就别问了。"

澈丹："可我们不能这样见死不救啊，我们毕竟是佛门中人……"

"他有救过我们吗？"第一夫人的情绪激动起来，"他管过我们的死活吗？要是他跟我们一起走，我们可能都得死！"

领导人："不要激动，你今天是第一夫人，不是昨天的房产中介了。"

第一夫人平静下来，换回了冷酷的语气："总之，我们黑边星对他仁至义尽，为他超度，是我们最后的仁慈了。"

"我去看看他。"空舟目光还看着外面，站了起来。

领导人："我劝你别这么做，他疯了，会打人。"

"没想到你们在黑洞边上住了这么多年，居然还怕打人。"空舟边说边走，没有回头看这对夫妇。

3

黑洞在远处看非常壮丽，吸积盘的光使黑洞中心看起来比遍布宇宙的黑暗还要黑。此刻站在黑边星上，就可以看到黑洞，澈丹这才发现这颗星球没有大气层，显然也没有恒星，整个星球被罩在一个人造薄膜中，凭此维持生态。这样的科技水平在宇宙中并不特别，澈丹只是好奇在没有薄膜之前这里的人是怎么生活，又是怎么诞生的。

船长果然骑着车朝空舟师徒靠近了。

"远航！全体，远航！"

船长唱的歌里，只有这几个词能听清。

自行车差点撞到澈丹，船长取下车把上的头盔，扣在了澈丹的光头上。

船长："还在这儿干吗！快走啊！"

空舟："去哪儿？"

船长："去哪里都好，只要离开就好。"

空舟："为什么要离开？"

船长："因为这是我们唯一的目的。"

空舟："你们是谁？"

船长："我们就是我们，再过一千年，也还是我们。"

澈丹把头盔取下来，看到边沿上刻着一行字：我们存在的意义，就是离开。

澈丹小声说："师父，这人疯是疯，可不该死吧。"

空舟："不该死的人多了。"

空舟接过头盔，也看到了那行字。

空舟："那你为什么不离开？"

"我已经离开了，我不能再离开了。"船长坐到了地上，神情从疯癫转为落寞，"离开可能是错的，我们一直以来可能都是错的。"

说着话，船长一把抓住澈丹靠在他腿上哭了起来。

澈丹："师父，咱们得救他走吧？"

空舟没说话，他看到领导人和第一夫人，以及几个还没离开的官员走了过来。

"空舟禅师，我听说过你的行事风格，本来也没打算瞒着你。只是说出这些对我们并不容易，甚至讲述本身就会引发死亡，"领导人看着哭泣的船长，"对他也一样。"

空舟："没有什么事是容易的，他这个精神状况我不能判断是他自己想死，还是你们要害他性命。超度可以，我一个出家人，不能破杀戒。"

澈丹心里嘀咕着"你破得还少吗"，但也赶紧上前一步，把船长护在了身后："对啊，你们为什么要害他性命？"

领导人："唉，是他要害我们性命。"

4

船长冬眠了多少年，没有人知道。

他的冬眠舱一直在一条峡谷的深处，在黑边星的历史上，那里最早属于神话，创造黑边星的神们与魔鬼最后一次战争后，唯一幸存的天神就永远留在了那里，封印魔鬼，保佑黑边星人。后来那里属于宗教，教派的名字就叫"峡谷神教"，人们要向着峡谷的方向祈祷，每年都有勇士因为去峡谷朝圣而死，也有忤逆教廷的人被投入峡谷祭神。宗教很快被政治家们接纳，每一任黑边星的皇帝都自称是峡谷神的转世，不管杀掉了上一任皇帝多少家人。倡导理性的时代很快到来了，弘扬自由与科学的革命家们朝着峡谷吐口水、放火，并把所有坚持信仰不肯放弃有神论的人扔进峡谷，当然这次不是为了祭神，而是祭奠科学。这样的事在黑边星的历史上发生了多少次，没人记得。

直到科学真的发展起来，黑边星人意识到天空比峡谷更重要，人们彼此的争斗才逐渐减少。科技发展到黑边星人发现自己住在黑洞边缘，随时会灭亡时，他们开始研制飞船，准备逃离。在这个过程中，他们探测到峡谷里确实有一个埋了几千年，带来无数传说、信仰与死亡的东西。

那不是神，那是一个年代不明的冬眠舱。

冬眠舱上写着一句话：我们存在的意义，就是离开。

为了是否要把船长唤醒，黑边星人进行过投票，之后又进行了战争，胜利的一方本来是不支持唤醒的，可他们意识到只有唤醒船长才能永久结束战争。

船长醒来后说的第一句话是："远航！全体，远航！"

之后船长吃掉了舱里保存的多言草，才听得懂眼前这些后代的语言，才意识到自己已经离那个光荣与壮烈的时代有多么遥远。之后的日子里，船长一边将冬眠舱里的科技信息破解给黑边星人，一边了解黑边星的历史。

破解过程是漫长的，足足二十三年，二十三年后黑边星人才真正第一次了解了自己存在的意义，不是为了峡谷神，不是为了学习科学知识，不是为了建设祖国，不是为了创造艺术品或吃遍天下美食，更不是为了实现自身价值。黑边星人的存在只有一个意义，那就是离开。

　　他们本来就不属于这里，母星在哪儿，船长的记忆因漫长的冬眠已经模糊了，只知道那也是一个被诅咒的星球。人们在母星毁灭前逃离，因能源几乎耗尽，又碰到宇宙海盗，遭遇恒星风暴等绝境，他们只能选择留在黑边星。黑边星完全不适合居住，改造过程漫长而凶险，这些先人们建造了薄膜以维持生态，经过精密计算挖掘峡谷，黑边星只有在这样的形状下才能减小黑洞引力的影响。不过人们很快意识到，这颗星球被黑洞吞噬只是时间问题。感到绝望的人带着飞船离开了，更绝望的人留了下来，开始繁衍后代。可先进的技术需要先进的能源和设备，这些都在建设过程中消耗殆尽。生活回归原始，人的精神回归麻木。所有留下的人决定，为了保留奇迹的种子，要将一个人冬眠起来，同时冬眠的还有他们掌握却无法实现的技术，这些，都是在为这个文明的再一次离开做准备。

　　船长对他冬眠后黑边星历史的学习过程也是漫长的。在二十三年之后，他终于明白了他的后代们经历了什么，当年拼命保留下来的文明经历了什么。船长疯了。

　　"或许，宇宙要我们灭亡，我们就应该灭亡。"船长当时这么说。

从那之后，船长不再帮助黑边星人开发飞船，并极力说服大家应该跟黑边星一起投入黑洞。灭亡，是这个文明几千年前就应该接受的宿命。

船长疯疯癫癫，笑呵呵地唱："为何要挣扎？离开能去哪儿？宇宙这么大，没有你的家。"

这是他常哼的一首歌谣。

空舟："格式倒是挺像佛偈的。"

回忆完这一切的领导人和第一夫人表情黯然："禅师，船长的思考太深了，之前已经有不少人听了他的话跳进峡谷自杀。我们是可以强行带他上飞船，可我们还不知道何时才能找到下个行星，只怕在那之前，我们就全死了。"

第一夫人："禅师，我们不是不想带他走，我们毕竟还是要把文明延续下去的。"

领导人："是啊，不然祖先们不就白死了。"

空舟："船长也是这么想的，不过他认为你们变成如今这样，祖先们就已经是白死了。不光是白死，而且早就该死。他自己也死晚了。"

澈丹以为两人会生气，可两人只是低下了头，没再争辩。

领导人："禅师，我们黑边星人不配，也不能思考活着的意义。我们活着的意义在几千年前，甚至更早就写好了。"

"那就是离开！"

船长忽然醒转，大叫了一声，跳上自行车，唱着歌骑远了。

"明日超度。"空舟拿着头盔，看着上面那行字，"不过价钱得加一点，看着这么个人送死，你得买我的良心。"

5

超度仪式如期开始，黑边星人在城市各处留了摄像机器人，说是为了试试能不能拍到黑洞那边的画面，有助于科技发展。可几十个留下的机器人此刻都跟着船长，也并没有人提出异议。

飞船里只听得到空舟和澈月诵经的声音。从舷窗看出去，黑洞依然那么壮丽，用祖先的智慧和求生意志建造的薄膜依然包裹着黑边星：空间上，它在靠近黑洞；时间上，它马上就要走向寂灭的结局。

飞船所有屏幕中都是此刻黑边星上的画面，船长骑着自行车的背影，向着黑洞前进。

诵经声忽然停了，领导人看向空舟："超度结束了？"

"没有，我感觉他要唱歌，"空舟睁开眼，看着屏幕，"就先听他唱歌吧。"

船长唱起了没人能听懂的歌，可所有人都跟着唱起来。

"远航！全体，远航！"

这是那首歌的最后一句。

"远航！全体，远航！"

所有黑边星人跟着唱起这最后一句。

在弥漫整个飞船的哭声中，空舟和澈丹完成了诵经，屏幕变黑，黑洞那边没有传来任何新消息。

从此宇宙中再也没有黑边星，也再也没有一位发疯的船长。

6

回到奈何船上后空舟一直没说话，澈丹有很多想问的问题，也没敢问。

"师父，这个茶我泡不好了。"曹德迎上来，他没资格管空舟叫师父，澈丹纠正过好几次他也不管，"无论我放什么茶叶香料，倒进这个杯子，就都变成一个味儿。"

曹德把那个从所有角度看都很圆的杯子递到空舟面前，里面装了茶。

空舟喝了一口，表情没什么变化："就这个味儿。"

澈丹想，原来跟茶没关系，是茶杯的问题。

"曹德,得托付你个事,"空舟又喝了一口,"你去趟 π 星，找到这个女的，跟人家道个歉。"

澈丹看着空舟，觉得师父到底还是有良心的。

空舟："然后逼她把这个茶杯卖给你，多少钱都可以。"

曹德："好的！"

曹德恭敬地鞠了一躬，眼中又泛起泪光。

曹德："师父不光深情，还是一个讲道理的人啊！"

澈丹想骂一句曹德，但终究没骂出来。空舟手里一直拿着那个头盔，没说什么别的话，只是在回来的路上跟澈丹嘀咕了一句："对于进入黑洞的人来说，死去的是我们和整个宇宙。今天，咱们其实是超度了宇宙 回。"

"曹德啊，"澈丹看着在侏罗纪巨大的银杏树下睡着的荦荦，"弄个火山，逗逗荦荦吧。"

灭绝啦，要灭绝啦。

希望这能让师父开心起来吧。

量子小丑

死亡这种事，有时在一个人身上不只发生一次。——空舟禅师

1

奈何船的外观是一颗金灿灿的佛头。

如此浮夸的造型是空舟深思熟虑的结果：一是生意好做，一看就知道是正经搞超度的；二是在宇宙中飞行，这样的造型能有效减少来自宇宙海盗的攻击，因为海盗们的飞船造型也同样怪异，怕打了同行，引发报复。

今天这颗佛头正飞往"天堂"——那是一颗星球，以全宇宙最高水平的娱乐体验闻名，空舟和澈丹要去见的是一位小丑，他是此行的顾客。

澈丹此刻正坐在飞船里思考"今天"和"此刻"的意义。在星际航行中，这两个词可能永远都无法用对，可是在地球上时，不也一样是在星际航行吗？只是地球动得慢一点。那今天到底是哪天，此刻是否在这个念头升起时就已经过去了？

今天的飞船模拟舱是夏天，澈丹坐在菩提树荫下还是觉得热，就喊了声能不能凉快点。曹德答复："不能啊。"

澈丹："为啥啊？"

曹德："模拟舱要严格模拟真实，真实的最大特点就是不受任何人控制。"

澈丹非常后悔当初坚持把这个机器人带回奈何船。它是一次超度的副产品，主人离世，宇宙之大它却无处可去，而澈丹认为他和师父一直以来都缺一个帮忙的机器人。当时空舟极力反对，可等到曹德回来，澈丹渐渐怀疑空舟可能只是做做样子，这个机器人显然跟空舟更像一伙儿的。

澈丹："我师父呢？"

周围空气一凉，太阳没那么热了，空舟走了进来。

澈丹很生气："哎，怎么他来了就能凉快点啊，我……"

空舟："下次想凉快点，就说，给我来个下午。时间比天气容易控制。"

曹德："师父教诲得是啊。"

不管澈丹如何反对，曹德都坚持管空舟叫师父。

澈丹："咱们是不是要到了，那小丑要超度谁啊？"

空舟："他自己。"

2

佛头停在卫星轨道上，空舟师徒乘坐另一个造型像佛头一样的小接驳船来到了天堂。这是此地的服务，为每位到来的游客提供定制旅程，从接驳船开始，每个细节都是你独有的私人体验。就连驾驶接驳船的接待员都剃了光头，僧人打扮。

接待员："欢迎来到天堂，并且还活着！"

这是天堂的接待语，离这颗星球很远就能看到，在轨道上以太空烟花的形式不停打出这句话。

澈丹："南无，你真的是和尚吗？"

接待员："阿弥陀佛，你又真的是和尚吗？"

好的不学，学打机锋，澈丹心里想，没说出来。

接待员笑嘻嘻："您一直跟着师父在宇宙中超度亡魂，同时品尝各个星球的酒精，心里还爱着一个叫小北的姑娘，这恐怕不是和尚应该做的吧？"

澈丹一惊："你怎么知道？"

空舟翻看着眼前的服务目录，想着晚上是去云彩里喝一杯彩虹泡酒，还是去看自己最喜欢的朋克乐队演出并担任贝斯手，没抬头回了澈丹一句："在天堂，人没有秘密。"

澈丹："啥？"

空舟："秘密是阻碍快乐的根源。"

"阿弥陀佛，"接待员脸上十分欣慰，"空舟禅师不愧是我们的老顾客了。"

澈丹："老顾客？你没带我来过啊。"

空舟："你有很多次睡眠都是在天堂的轨道上完成的，我也很奇怪这个地方这么响的音乐怎么从来没吵醒你，可能是曹德隔音做得好吧。"

澈丹："为啥不带我来啊？"

空舟："我看你成天享受孤独的样子，不想破坏你的深沉。"

澈丹没法争辩，他想，如果自己回答"我不深沉啊，我想 high"的话，空舟一定会带他去什么诡异的地方，做些影响生命安全的事。

澈丹："那你怎么知道我的秘密，天堂用的是什么科技？"

接待员："阿弥陀佛，这也没什么科技。你的事，你师父喝多了就到处说，天堂里一半人都知道。"

澈丹想，师父真是老顾客了，好在自己的秘密也没有什么见不得人的。

接待员："你师父最爱讲的，就是有一回你们去超度一个两吨左右的卡星人，尸体在燃烧过程中一直喷出各色液体，你因为敬业居然原地不动，被喷了一身也在所不辞，结果被几百个卡星女性举着轮流蹭脸。卡星人死后流出的液体在当地文化中被认为有美容功效，全宇宙都知道的事你居然不知道，听过故事的人都觉得果然敬业是宇宙中最应舍弃的品质。"

澈丹无话可说，低头翻起目录，刚刚好像看到了这里有一个杀人不犯法的地方，想查查怎么预约带空舟一起去。

空舟："别生气，天堂就是这样的。挑贵的，我们这次来全是小丑买单。"

澈丹也没跟别人生气，是气自己无知。澈丹大部分时候生气都是气自己。

澈丹："那个小丑这么有钱吗？"

"不是'那个'小丑。"接待员一脸尊敬，"天堂里，只有一位小丑。"

3

小丑在天堂多少年，他自己也不记得了。刚来时，他是一个程序员，负责提供娱乐体验需要的技术支持，而体验具体是什么，他得听一个机器人的，那个机器人是他的直属领导，职位是产品经理。这个职位所需的专业素养有洞悉人性、理解消费者需求、创造需求、懂设计、做出有审美的产品，最后，最关键的是要清晰地对技术人员提出要求，把想法实现出来。天堂里各大娱乐场所的老板都认为这个职位很重要，而宇宙中有一个简单的定理是，重要的职位绝不能交给人类，所以天堂里所有产品经理都是机器人。由此也奠定了天堂最初的风格。

天堂里所有娱乐项目在开始时都是荒谬的，当时有过诸如安静充电一天而不用扫地，被人类推搡可以还嘴之类的娱乐体验，显然这些产品经理在上任前做过很多其他工作。面对不理想的销售状况，老板们认为问题肯定出在人类身上，也就是技术人员们没有做好。技术人员在这样的背景下，开始想办法在产品经理们设计出的无聊项目里竭力加入有趣的想法。比如，安静充电一天而不用扫地的同时，电流里掺入化学物质，让你在那里以秒为单位完整回顾一生。而被人类推搡后，你会发现推你的不是一位穿着网袜的女哲学家，就是一位没穿衣服、身材健硕的苦行僧，在还嘴的过程中能同时收获世界观的颠覆和一次肮脏的性经历。

如此改变有两个直接后果：一是天堂成了真正的天堂，

全宇宙爱说"开心就好"却很少开心的人都开着飞船来到了这里；二是产品经理们得到了大额加薪。

做出上面那两个产品的正是小丑，而出去到处演讲，教人"如何颠覆人类娱乐体验"的，是他的产品经理。

小丑没有怨言，也没有去找谁申诉那些是他想出来的。小丑想明白了两个道理：一是这些机器人产品经理可能真的洞悉人性，那就是人类根本不知道自己想要什么，只知道做什么是不出错的；二是自己绝不再当程序员了。

小丑以自己的技术和对人性的理解创办了自己的马戏团，开始了演艺生涯。成功是意料之中的。他为游客们提供的表演里掺杂着大量有毒气体、致幻音效、来自黑洞另一面的光，他戴着红鼻头画着笑脸出现在每一位游客的身边，进而进入他们的童年。他要求游客们做所有自己没想过的事，包括为他擦鞋。另外，成功最重要的一点，在他的马戏团里，所有干活儿的都是人类，而所有重要岗位上都是机器人。

除非买票，想见小丑并不容易。澈丹了解了小丑的经历后，没听出来他哪里有要离世的征兆。

澈丹："师父，他是得绝症了？"

空舟："他是觉得自己应该已经死了，具体的你去问他吧。"

澈丹："你不去啊？"

空舟："人来了天堂，为什么还要工作。"

澈丹："那我为什么要去。"

空舟："我们两个总得有一个人在工作。"

空舟就是说完这句话之后不见的，原来跟澈丹说话的空舟不知从何时起就是一个全息影像了，这也是天堂提供的服务，让你在玩的时候可以继续出现在工作场合和家里，履行该履行的义务。

接待员把澈丹送到了小丑的马戏团。那演出场地巨大如城市，澈丹想象着如果这里坐满人会是什么样，觉得那会很像一个宗教场所。

小丑见到澈丹的第一句话也是："欢迎来到天堂，并且还活着！"

第二句话是："你就是空舟那个徒弟啊，别难过，卡星女性也有好看的，而且我跟他们想的不一样，我认为敬业是宇宙中最可贵的品质。"

4

小丑十分敬业。

高科技、化学物质加想象力能提供的娱乐，观众们越来越不买账了，在一次演出中一位观众嘀咕了一句："开心需要这么复杂吗？"那时起，小丑开始了对自己演艺道路的反思。

虽然已经是天堂最红的明星，小丑依然保持着一个程序员的思维方式，那就是遇到问题就解决问题。要知道这个宇宙中有这样思维方式的人并不多，而这样思考的人也往往过得不那么快乐。遇到问题逃避问题才是更健康的处世原则。

小丑开始查找关于自己这份职业的所有资料、马戏团的发展历史、小丑的表演技巧。

澈丹："没有不买账吧，我看你这里还是很热闹啊，你的头像满天堂都是。"

小丑："是，这是我改革后的结果，我开始采用全新的表演方式，观众们又回来了，甚至来得更多。"

澈丹："什么表演？"

"其实也不是全新的，是我在典籍中查到的。"小丑在舞台上打开一扇门，那里是一个笼子，笼子里有一只像霸王龙一样的野兽，"我表演把头伸进狮子嘴里，不过狮子不够刺激，我用了这个。"

那就是霸王龙，不知是用了时间机器还是基因技术，小丑把霸王龙带到了自己的马戏团，开始表演这种古老的马戏。这一形式简单直接，在天堂里感受过所有超越人类想象力的娱乐之后，游客们再次被小丑和他的霸王龙打动。每次演出结束，全场观众起立鼓掌，有人流下热泪，还有人喊出小丑应该统治宇宙的口号。

澈丹："你是怕被它咬死所以请我们来？那就别演这个了呗，多危险啊！"

小丑："你师父没跟你说吗，我是觉得我已经死了。"

量子理论澈丹学习过，小丑反倒是有了关于生死的思考后，才去查了量子理论来解释。

澈丹脑子里回忆起学过的知识：量子理论认为观测者的观测决定着事物的状态。

小丑："这霸王龙我根本没训练过，因为记载里只有训狮子的办法。"

薛定谔的猫在打开盒子前不知生死是一种情况，还有一种情况是打开后宇宙分裂为两个，其中一个宇宙里的猫活着，另一个宇宙里的猫死了。

小丑走向霸王龙，霸王龙盯着小丑发出低吼，两只短爪扒在笼子上，嘴里流下口水。

小丑："我虽然不是学生物的，但这哥们儿这样，我把头放进他嘴里，我还能活着吗？"

平行宇宙的概念，大概是说，人的每次抉择，都可能导致产生一个新的平行宇宙，人可以既向左走，也向右走，只不过是走进两个不同的宇宙。

小丑："他肯定会吃我，可是他没吃，那我只能理解成我在另一个宇宙里已经死了。"

澈丹："所以你是要超度平行宇宙里那个被咬死的自己？"

小丑："可能不止一个。"

5

小丑的思维陷进去了，如果自己被恐龙咬死，那这只龙应该也会死。不是自夸，自己死了，肯定也会有悲伤自尽的粉丝。手下的员工呢？员工躺在病床上等着钱用的母亲呢？

会有不止一个平行宇宙，会有很多人死去。

空舟来的时候，小丑正说到自己十五年前给过一个乞丐钱，在另一个平行宇宙里乞丐可能没得到这个钱就饿死了。

彩虹泡酒后劲很足，空舟脸上泛着七彩的光赶到了马戏团，小丑沉浸在对各种可能性的思索中表情痛苦，没有理睬空舟，澈丹在旁认真听着。

空舟："澈丹，你看他，这就是为什么说弄不明白的东西，就不要去关心。"

澈丹："不去关心怎么知道弄不明白？"

空舟："不要关心，这个问题你弄不明白。"

空舟看了看霸王龙，拍了拍小丑，小丑这才发现空舟，从思索中醒来。

小丑："空舟禅师，这次你得帮我，我要超度我自己和其他死去的生命，他们都是因为我的选择而死。"

空舟："你什么选择？"

小丑："为了吸引观众，把头伸进恐龙的嘴里。"

空舟转向澈丹，又喝了一口酒："澈丹，你看他，这就是为什么说敬业是宇宙中最应舍弃的品质。"

小丑："禅师，我知道你认识的人多，我听说在某个星球已经有人研究出了去平行宇宙的办法，你带我去。"

空舟："别去了，都死完了。"

澈丹和小丑都看着空舟，等他继续说。

空舟："这不很正常吗，去了平行宇宙还能有什么下场？你上了那部车会被撞死，没上那部车会娶个老婆生个孩子在四十岁的时候因为插队被人打死。如果你是纠正别人插队的那个，你会成为另一种很可怕的人，会觉得四十岁的自己天下无敌没有你不认识的朋友没有你泡不到的女孩儿没有你不懂的道理没有你不能伸张的正义。你向左走会成为企业家而后晚年信佛不知道该把钱捐给谁，你向右走成为潦倒诗人死后暴得大名可没有一个人能夸在点儿上。你吃蓝色的药丸，发现眼前一切都是假的；你吃红色的药丸，发现真的还不如假的。"

空舟一口气说完，举起杯，发现酒喝完了。

"总之，去过平行宇宙你就会明白，怎么活都是错的。"空舟接着说，"佛祖说三界皆苦是说少了，每界都是苦的。众生皆苦也不准确，就算死了，也一样。"

小丑想辩解两句，没说出来。

"你也不是想超度因为你的选择而死去的自己，你是想看看那样活是不是才是对的，你想超度的可能是这个宇宙里的自己也说不定吧。"接待员送来了一瓶酒和一朵云彩，空舟坐在云上，慢慢升起，与霸王龙对视，"小丑，都是朋友，我问你一句，你为什么未经训练就把头伸到它的嘴里？"

小丑"哇"一声哭了出来，空舟在云端把酒丢了过去："喝点吧，在天堂，思考是违法行为。"

6

那天小丑想明白了三个道理：一是机器人是对的，敬业是错的，宇宙是无所谓对错的；二是小丑容易得抑郁症是个古老的谣言，实际情况是，只要思考对了问题，人人都容易得抑郁症；三是人只能做自己能做的事，而不是该做的事。

空舟："超度得火化，我不可能去别的宇宙帮你烧人玩儿，我给你提供一个私人专属服务吧，这也符合天堂一概的准则。"

空舟掏出一个盒子，澈丹看出那就是刚刚装酒瓶用的盒子。

"这是全天堂最新科技产品，叫'薛定谔的棺材'，现在里面就有其他平行宇宙里你的所有下场，"空舟把盒子郑重地放在地上，"只要你不打开。"

空舟忽然严肃，盘腿坐在盒子旁，澈丹也赶紧坐下。

空舟："小丑，今天我帮你把你超度了，这恐龙送我吧，以后也别再把头伸到任何生物的嘴里了，好好活着，天堂需要你。"

空舟和澈丹开始诵经，小丑和缓下来，脸上画的笑脸变得像是真的笑脸，盒子在地上沉静得像一个盒子，盒子并不知道它的里面装着超出一个宇宙的可能性。

诵经声中，霸王龙、马戏团里真正工作的工人，和职位重要的机器人都感到平静，感到在另一个宇宙里可能有另一个自己正在祥和地死去，只有澈丹心里非常焦急。

师父啊，这恐龙拿回去放哪儿啊。

英雄不朽

有些人为了别人而活，有些人为了别人而死。

——空舟禅师

1

澈丹在电影院里看最新的超级英雄电影，《函数侠》的第 $\log_{32}61$ 部。这部戏里，风靡宇宙的函数侠，和同一电影公司里的其他英雄们又在宇宙中行侠仗义，挽救很多人，同时也因为随手炸掉大楼、毁掉星球而杀死不少人，至于功过能不能相抵，澈丹数学不好，算不出来。

曹德研制了一台爆米花机，经空舟多次否定，如今终于能做出电影院里那种劣质的味道了。考虑到奈何船已经有日子没靠过岸，澈丹决定不问原材料是什么。

荦荦表现得很兴奋，对爆米花和电影都很有兴趣。

在电影的结尾，函数侠和朋友们再次打败敌人，挽救宇宙，并开了几个不好笑的玩笑，澈丹还是笑了，并且等完字幕看了彩蛋。虽然他也觉得不好笑，可又觉得看都看了，不笑就亏了。模拟舱变回寺庙后院的样子，空舟溜达过来。

空舟："澈丹，成年人看这种电影是智力不足的表现。"

澈丹："师父，我还没成年啊。"

空舟："未成年更不应该看。荤荤？"

荤荤听到空舟叫，赶紧跑过去，哪怕心里不情愿。

空舟摸着荤荤的头问澈丹："你觉得这世上有超级英雄吗？"

澈丹："宇宙里什么没有？"

空舟："你觉得现在荤荤发了疯，露出霸王龙的本来面目，要吃你，会有超级英雄来救你吗？"

澈丹："你不能救我啊？"

空舟："那我救了你的话，我算超级英雄吗？"

澈丹："不算吧……算？"

"这事你路上想想，"空舟骑上荤荤，朝前殿走去，"今天你有一个救超级英雄的机会。"

2

谭坦星弹探国叹市居民怀着沉重的心情请来了空舟和澈丹，他们认为再有两天，就是备受敬仰、多次拯救全市命运、到处都有雕像和模仿者的叹气侠的死期，而广大市民能做的，就是为他准备一场超度。

叹市笼罩在灰暗的气氛中，不知是因为叹气侠将死，还是本身就是这样。

叹气侠二十年前出现在城市的午夜，彼时叹市犯罪滋生，警察无能，叹气侠在一年间就消灭了城内几个最大的犯罪团伙——很快，又出现了新的。

这二十年来，叹气侠和市民面对的城市就是如此，打掉一个，冒出两个，今日接受表彰的警察，明天又死在街头。

如此行侠仗义的意义何在？市民中有读过几年书的，思考下来认为叹气侠是不健康的存在，权力总还是要归于人民，而人民显然普遍智力不足，所以最后还是要归于政府，可政府又昏庸无度，说到底，还是得请教读书人。

市民中有良心的，为叹气侠塑像，每年有固定庆典叹气侠日。当晚大家打扮成叹气侠的样子出来游街，叹气侠还会偶尔出现，说两句振奋人心的话，那天晚上犯罪分子也不作恶。空舟在澈丹还小时，为了让他对邪恶有所理解，曾告诉过他"大多数人作恶也是为了活得更好"。犯罪分子没必要非在这天找不痛快。

超度叹气侠不是叹市政府行为，是民间组织"我们都是叹气侠"请空舟来的。政府不出面的原因，在听完该组织会长老瘫的解释后，澈丹觉得情有可原。

老瘫："叹气侠最近三年都没怎么露过面了，前两天有黑帮出了悬赏，这是十年来第一回有人这么干，说要在今年叹气侠日这天要他的命。政府的应对办法是让我们今年别再组织庆典了，说保护不过来，唉。"

澈丹："所以你们觉得他是必死了？"

老瘫："他老了，虽然他总戴着面具，没人知道他几岁，但二十年前他就是个中年人了，上次叹气侠日出来讲话，那咳嗽的啊，中途还上了趟厕所，唉。"

澈丹："那你们庆典还办吗？"

老瘫岁数也不小了，谢顶，从他眼神中能看出年轻时的不屑，如今已成长为不甘，听澈丹问，不甘又变成了愤怒："办！怎么能不办！不办这二十年不是我们输了吗！唉！"

"唉，会长你别激动。"老瘫的秘书斯斯文文，给老瘫递上了茶杯。

澈丹想，"我们"真是个模糊的概念，为了"我们"不输，保护了"我们"二十年的人却要去死。

3

参加叹气侠日庆典没什么特别规矩，除了一条，人人都要打扮成叹气侠的样子。相传最早的时候这么干，是为了让坏人无法下手，不知哪个是叹气侠，人人都是叹气侠，彰显正义一方的决心。既然要在叹气侠日这天做超度，空舟和澈丹就也得穿上黑色紧身衣斗篷，外加一张唉声叹气的面具。

澈丹："可要是坏人也打扮成这样，不就能混进来了吗？"

空舟："你打扮成什么样，坏人都能混进来，不然还当什么坏人。"

秘书提出帮二位师父量好尺寸差人去做衣服，空舟说："不用了，正好上街转转，看看你们这儿到底有多危险。"

街上有衰败的影子，可那影子也是由亮丽高楼投下。天上有先进飞船，秘书开车带着二人，走着走着忽然迎面一个虚拟大姐儿就冲进车里，向你介绍最新的健身课程，好在秘书充过某种会员，说了句什么，关闭了这条广告。

秘书："抱歉啊，我们这个地方就是这样，唉。"

澈丹："这不挺好的吗？宇宙里不是到处都是这样吗？"

空舟："不好的话，干吗要在这儿犯罪，坏人又不是苦行僧。"

澈丹："你说叹气侠这么多年，为什么没能战胜他们？"

空舟："'他们'这个概念，像'我们'一样，根本说不清楚，连敌人是谁都说不清楚，怎么战胜？"

师徒俩随便找了家叹气侠专营店，店里没有客人，看得出最近生意不好。店里除了最基本的服装道具，还有叹气侠的影像资料、签名木棍。柜台后面挂着一张巨幅合影，应该是店主和叹气侠在握手。可惜两人都穿着同样的服装，难分彼此。

店主："二位不是本地人吧？要参观叹气侠博物馆我这里有八折门票出售，要嫌贵，也能五折，唉。"

澈丹："我们买制服。"

店主："噢噢，我知道了，会长打了电话，马上给两位去拿，唉。"

叹气侠专营店的收益，都归"我们都是叹气侠"协会，据说其中绝大部分都用作善事，可读过书的市民们常常质疑，频频爆出就连会长秘书都住着豪宅的新闻。

澈丹："那叹气侠的敌人到底是谁？"

空舟："你觉得叹市的敌人是谁？"

澈丹："坏人吧。"

澈丹说完就有点后悔，师父既然问了，答案就不可能这么简单。

墙上的电视里放着监控画面拍到的叹气侠与人打斗的画面。说是打斗，其实基本就是打，坏人没有什么还手之力。

空舟："你看，以叹气侠的武力，如果他的敌人是坏人，坏人是不是应该早被打绝了。"

说话间门口吵吵嚷嚷，一个小胖子哭着冲进来，他妈在身后追。

小胖子："不是说好了考得好就给我买吗？唉，我要买。"

妈妈一脸烦躁，看到空舟澈丹，又添了些羞愧："唉，你要它干吗啊？"

小胖子娴熟地从货架底下翻出一块袋子装着的黑布。澈丹看见商品介绍，说这黑布是有回战斗，从叹气侠斗篷上扯下来的，上面还沾有血迹。是谁的血就不知道了。

小胖子没解释，只是拿着布坚毅地看着他妈。店主这时从后面回来，笑说．"你又来啦？唉，你来了我还得把别的买主推了。"

小胖子："唉，我今天就买。"

妈妈无奈付账，小胖子把布揣好离去。澈丹想，童年生活在一个真有超级英雄的城市，倒是省了电影票钱。

澈丹："师父，你说后天叹气侠会出现吗？"

空舟看着小胖子离去的胖背影："会吧，不出现他惹出来的这些事怎么结束。"

4

二人上了秘书的车，澈丹还是不甘心："师父，他要是真在集会上被打死了，咱俩就真的当场开始超度啊？"

空舟："不然呢？"

澈丹："应该去抓凶手啊。"

空舟："刚才视频你也看了，这凶手连他都能打死，你觉得我们抓得住吗？"

澈丹："那他会不会不来啊？"

"唉，"秘书开着车没有回头，"叹气侠如果因为威胁不来，那跟死了没区别啊。"

澈丹："那你们有什么措施保护他吗？"

秘书："从来都是他保护我们啊，唉。"

澈丹这时回想师父的问题，究竟谁是他的敌人，有点糊涂了。

空舟："是谁要杀叹气侠？"

秘书："想杀他的人太多了，唉。"

空舟："二十年杀不死他，没道理今年就能杀死，连超度的人都请好了，你们是知道他必死。"

秘书："我们也是做个准备……"

"先别叹气，"空舟从后视屏幕看着秘书的眼睛，"你们不知道谁要杀他，总知道他是谁吧？"

秘书："叹气侠隐姓埋名……"

空舟："二十年，在一个城市，年年参加活动，拥有自己的粉丝会，他不可能隐姓埋名得那么彻底。你有不愿意说的，就别说，但我们只是做生意，别出什么我们不知道的意外，到时候……"

秘书："二位放心，绝对不会伤到你们。"

"唉，"这回是空舟叹了气，"我是怕伤到你们。"

5

在空舟提出为了保护自己的生命安全，他要骑着霸王龙参加游行后，秘书不得不说出了真相：叹气侠三年前就死了。

洗澡时不小心滑倒摔到了头，加上感冒了两三天，又因为爱吃油炸食品有严重脂肪肝，进医院疗养了一段时间，就死了，走时安详，没有痛苦。

叹气侠躺在医院，通过笔迹比对，和对一些事件的回忆，让老瘫相信了他就是叹气侠——说话有口音，不是本城生人。

他为了心中正义，保护了叹市十七年，死前对老瘫说："这么多年，我发现我也不是为了你们才去跟坏人打架，我就是为了我自己个儿。我不这么的吧，心里头就不得劲儿。我死了以后吧，可别有人学我啊，一来是怪危险的，二来是真犯不上。你看我这么多年，事实也证明了，这个城市啊，它就是需要坏人，有坏人城市反而变得挺好，唉，你再给我削个苹果吧。"

这番话只有"我们都是叹气侠"协会中几个人知道，当时他们决定隐瞒下这番话，并隐瞒叹气侠的死讯，由组织中身体较健康的人继续扮演叹气侠，维护治安。

这些假叹气侠跟坏人们斗了一年，就明白了叹气侠用十七年换来的道理是对的。打了这个，又起那个的原因是有人需要那个。有人需要吃喝嫖赌，有人需要灰色收入，有人需要不按规矩办事，总而言之，人需要快乐。人和人起了矛盾，警察不管的时候，得有人能管。

协会认为还是不能公布叹气侠的死讯。除了怕市民突然陷入恐慌，还有更重要的原因是，协会经营的专卖店等产业会贬值。

在假叹气侠们的勉力维持下又过了一年，产业还是贬值了，再也没有叹气侠把坏人当场砍死的震撼画面，市民不买账了。

没办法，协会找到政府方面，说了真相，一起协商办法。

当天会议上，会长痛心疾首地把叹气侠和协会的发现告诉了某位领导，说这城市其实不能没有坏人，你们政府不管的地方，得有人管。领导说："你们才知道啊？还以为你们能比那些爱读书的强点儿呢。"

而后天的集会就是两方商量出的，叹气侠退场的完美方式。

秘书："唉，我们也是没办法，他总不能无声无息地死吧？他可是超级英雄啊。"

集会如期开始，一派节日气氛，烟花爆竹，人人都穿成叹气侠的样子，有举着横幅的叹气侠，有站在路边卖棉花糖的叹气侠，也有带了武器准备应付可能的危险的叹气侠。

空舟师徒穿着叹气侠的服装，受邀坐在观礼台上，中间的讲台空出，等着叹气侠如往年一般从天而降。

人群兴奋又紧张，虽然三年来叹气侠声望下降，争议更多，但喜欢他的人还是喜欢他，比如那天在店里的小胖子，澈丹看到他也来了，虽然戴了面具，但身材实在显眼。

老瘫坐在空舟旁边，表情凝重——这是澈丹猜的，他也戴了面具。那小胖子距离观礼台很近，手里举着那块黑布和笔，显然是在等叹气侠签名。

叹气侠来了，从天而降，人群欢呼。空舟发现第一排有个人手揣在怀里动了一下，猜那估计就是安排好的"坏人"。老瘫猛地"啊"了一声，人群、叹气侠包括"坏人"都奇怪地看他，他摆摆手，示意没事儿。澈丹注意到他用眼神示意了叹气侠，叹气侠顺着老瘫的眼神看到了小胖子，于是给小胖子签了名。签好名后，澈丹看到老瘫冲"坏人"点点头，他这才冲上台，叹气侠被扑倒在地。

根本没给人群救叹气侠的机会，更多人从天而降，是政府的特警部队，特警迅速制服了歹徒，并阻隔了想上前观察的市民，除了叹气侠外无人受伤。

市长出现，跟老瘫一起宣布了叹气侠的死讯，并称"坏人"已被绳之以法。老瘫发表了漫长的讲话，历数叹气侠的伟业，最后说明请了宇宙中著名的法师，会将他超度到另一个美好的世界。

人群被笼罩在莫名其妙的气氛中，大多数人选择了接受，不光是接受，简直是松了一口气。

空舟对澈丹说："开始超度吧。"

澈丹感觉一切都很荒谬，情绪不是很好，顶了一句："又没人死。"

空舟没说话，看着呆在原地的小胖子，那小胖子捧着黑布，眼里充满泪水，可表情坚毅，随时准备着与什么人战斗。

空舟："诵经吧，早晚还有人要死的。"

宇宙杀手

宇宙中绝大部分人都死在自己手上。——空舟禅师

1

宇宙中很多人都知道他的传说。

他是哪个星球的，没人知道，只知道差不多每个星球都有他杀过的人。他的真名不可考，他的外号是宇宙杀手。澈丹买过他的海报贴在卧室，他是很多人的偶像，主演过讲述自己杀手故事的电影，为以自身经历改编的游戏《宇宙杀手》配音。每个星球上都有他的粉丝，哪怕他还没来得及在那里杀人。

这样一个人为什么不光没被抓起来，还能成为宇宙级的明星？空舟说原因显而易见，宇宙需要这样的杀手。

宇宙太大了，有一些问题靠法律是无法解决的。

澈丹："哪些问题呢？"

空舟："全部问题。"

宇宙那么大，该死的人又那么多，宇宙杀手的出现是历史的必然。

宇宙杀手确实是拿钱办事，不过他有自己的准则，如果他认为要去杀的人不该死，那么死的很有可能就是来雇他的人。当然钱是不退的，不光这一份不退，还要去找本该死的那个人再要一份。

宇宙杀手的公信力随着年月累积，已经强过了宇宙中大部分政府。做了错事的人，常常一听说对方请了宇宙杀手，就算不自杀，也会赶紧想办法补偿。很多时候不需要他真的出手，正义就能得到伸张。

如今他的业务高度成熟，早就成立了杀手公司，出去办事的也都是手下员工。他已有十几年没杀过人了，平时生活就是演演电影，办办讲座，做做慈善，为多个星球担任荣誉安全顾问。

今天澈丹和空舟就要去见这位宇宙杀手，不是要请他杀谁，而是宇宙杀手请了他们来做超度。

要见到偶像了，澈丹非常激动，一路上都忘了问要超度什么人，快到了才想起来。

澈丹："超度谁啊？"

空舟："他的仇人。"

2

宇宙杀手的公司大楼非常气派，开门迎客，络绎不绝，都很规矩地拿号排队。没有人会在这里闹事，不管心中积攒了多少杀意。

不同窗口提供不同服务，都有专业的接待员耐心为你解释收费标准和注意事项。窗口分类细致周全，从"今天就要他死"到"不是真想杀谁就是来这儿冷静冷静"都有，澈丹看了看，人最多的是"夫妻相关业务"窗口，那前面的铁椅子上坐着一个个心中不再有宽容和忍让的男男女女。

澈丹经过时还发现有一对夫妻不小心偶遇了。

丈夫："你来干什么？你不是跟同学聚会去了吗？"

妻子："你不也说出差吗？哼，你来干什么，我就来干什么。"

丈夫："×，你要杀我？"

妻子："这么多年了，你怎么总问这种蠢问题。"

丈夫："你跟你前男友吃饭，还一起去玩儿流星雨漂流，我不能杀你吗？"

妻子："你去天堂妓院以为我不知道吗？还搞外星人，还两个！你恶不恶心啊？那是男是女你知道吗？你考虑过我的感受吗？"

丈夫："那能一样吗？我是消费，解压，为了更好地工作，更好地照顾家庭；你是动感情，怀旧！你还坐在流星上许愿了！我该死还是你该死？"

妻子："我许的愿望是希望我们的孩子健康成长！行行行，我也不跟你啰唆，一会儿让宇宙杀手来评……秃子，你看什么看？"

妻子发现澈丹在旁偷听，喊了一句。澈丹赶忙说："两位施主，没别的意思……就是，何必置人于死地呢，你俩这样儿，离婚不就得了吗？"

丈夫妻子都看着澈丹，一起盯了他三秒，丈夫才说话。

"你懂啥是爱情吗？"丈夫一声大吼，吼完转头看着自己的妻子，流出泪水，"我们还有爱情啊，爱情的事，离婚能解决吗？"

妻子看着丈夫，也哭了起来，两人凑近彼此，抱在了一起。

澈丹想，佛祖说人要放下七情六欲，还是有道理的。

"二位就是度魂僧吧，"一个工作人员出现在空舟旁边，"请跟我来。"

路上澈丹把刚才的遭遇讲给了空舟。

澈丹："师父，你说他俩不会再杀掉对方了吧？"

空舟："难说。"

澈丹："像这种情况，宇宙杀手怎么判定谁该死？"

"夫妻窗口最忙，但接单率几乎为零，"工作人员笑眯眯地告诉澈丹，"一般真要杀死对方的夫妻，自己早就动手了，轮不到我们。"

3

宇宙杀手不在公司，工作人员领着澈丹和空舟来到了一家医院，两人在病房里见到了这位传说中的人物。

澈丹非常激动，他本人比电影里看起来还像杀手，虽然已经身材发福，圆滚滚的大脸可以用慈祥来形容，可杀手的眼睛还在。

宇宙杀手正坐在一张椅子上，看着病床上一个昏睡的老人，那老人是个外星人（在宇宙中使用这个概念是很荒谬的），蓝色的皮肤，耳朵很大，耷拉在地上。老人旁边有个人，长得倒很像地球人，一只手在为老头儿调试维生器械，另一只手拿着枪，指着宇宙杀手。

空舟："你怎么又把自己置于这种境地。"

宇宙杀手："没办法，职业就这样。"

空舟："这人怎么不杀你？"

宇宙杀手："那是机器人，得有床上那人的命令，他才能动手。或者我杀了那人，他也可以动手。"

机器人："或者等我主人自然死亡后，我可以自由行事。"

空舟看着床上的老头儿："这就是你一直要找的那个人？"

"对，"宇宙杀手脸上没什么表情，"我的杀父仇人。"

澈丹："师父，你们认识啊？"

空舟："他做杀人生意，我做超度生意，难道不应该认识吗？这些年很多业务都是他为我们创造的，你要谢谢人家。"

澈丹："谢谢……不是，你们认识，你怎么从来没说过啊！"

空舟："我怕你托我要签名照，我丢不起那人。"

"宇宙杀手，我是你的粉丝，"澈丹已经走到了宇宙杀手旁边，激动地从怀里掏出曾贴在床头的海报，手都在抖，"你能给我签个名吗？"

空舟："你工作的时候能不能专业点。"

"哈哈哈，签吧，"宇宙杀手掏出笔，总给人签名的人有一个特点，就是签的字根本不像他自己的名字，"以后也签不了几个了，我很快就不再做杀手了。"

澈丹："您不是早就不杀人了吗？"

宇宙杀手："我是说这个外号也不要了，是时候退休了。"

澈丹："啊？什么时候啊？"

"他死的时候。"杀手的眼睛亮了一下，盯住床上的老头儿。那机器人的枪口继续对准宇宙杀手。

4

宇宙杀手他爸是开宠物店的，他也从小就很喜欢动物，立志长大了继续经营这家店。有天店里进了一只很漂亮的蓝色小龙，有羽毛，眼神忧郁。爸爸说这是从另外的星球进的货，非常名贵，已经有贵客预订，等这只龙卖了，家里就不用再开宠物店了。

当时的宇宙杀手说："为啥啊，我就喜欢开宠物店。"

他爸笑他不懂事，就送他去上学了。

等从学校回来，宇宙杀手才知道爸爸被人杀了，龙也被抢走了。

宇宙杀手："警察说涉及跨星球犯罪，很难抓，最后就不了了之。从那天起我决定自己报仇，学习了很多杀人的方法，在找仇人的过程中自己也开始接杀人的工作，到今天，已经五十多年了吧。"

澈丹看看病床上的人，想，那这人到底算不算是做了一件好事呢？因果的事，真没法说。

宇宙杀手："这五十多年，我一直在找他，也一直在杀人，前段时间我终于找到了当年那只小龙，也就找到了他。"

澈丹："因为他病了，所以下不去杀手了？"

"这五十多年，我也一直在想人为什么要杀人，什么样的人该杀，"宇宙杀手站了起来，机器人很警惕地看着他，"我下不去杀手，是因为他不该死，该死的是我爸。"

老头儿就是当年那只蓝色的龙。在他们那个星球，成年之前，人的形态就是那样。也由于这种奇怪的物种特性（事实上没有哪个物种是不奇怪的，仔细想想宇宙中就不该有生命），宇宙各地喜欢珍奇异兽的藏家总来这里偷抢孩子，其中就有宇宙杀手的父亲。

宇宙杀手："当年因为经营不善，我家负债累累，我爸听说了这种名贵的生物，想抢来卖给有钱人，从此过点好日子，他也是为了我好。"

机器人："是，死前还念了你的名字。"

宇宙杀手看了机器人一眼。澈丹在旁心惊，要是被看的是自己，估计直接就吓死了。

原来杀父仇人是这个机器人，澈丹想，因果报应看似讲道理，其实最没道理。

因为孩子被偷抢越来越多，蓝龙星上的人便从全宇宙范围大批购买保镖机器人。眼前这位就是病床上老头儿的保镖，当年追到了宇宙杀手的星球，救回了主人。

"如今知道了仇人是谁，仇我就不报了。这五十年来我想明白了一件事，就是宇宙中人人都该死，所以你的生意比我的生意有前途呀，哈哈哈。"宇宙杀手的脸色又慈祥了起来，"空舟禅师，请你来就是想等他死了，为他超度，也算了却我这桩心事，我就回去开宠物店了。"

宇宙杀手向病房外走，又停了下来："算了，还是开花店吧，宠物风险太大了。"

5

蓝龙星的人，在死前会变回蓝龙，以那样的形态离开。此刻病床上的老头儿已经像自己小时候一样了，只不过奄奄一息。机器人没什么表情，继续守在床边。

机器人："空舟禅师，没有尸体，死去很久的灵魂，也可以超度吗？"

空舟："给钱就行。"

机器人翻翻兜，把所有钱都拿了出来："够吗？"

空舟："你要超度谁？"

机器人："那位宇宙杀手的爸爸。"

空舟："怎么了，你是预装了同情心系统吗？"

机器人："没装，他爸爸也不是我杀的。"

当年机器人去救蓝龙时，宇宙杀手的父亲苦苦哀求能不能不要救走它。"买家是我们这里的警察局局长，我要是不把龙给他，他肯定会杀了我啊！我儿子还小，没人照顾他以后怎么办啊。"

机器人："我的职责只是救主人，不是救他。现在想想可能是我当时的系统太低级了，我应该救他。"

澈丹："这事你为什么不告诉宇宙杀手？"

"告诉了又怎么样，这段因果该了结了，"空舟看着机器人，"虽然可能会有新的因果开始。"

机器人点点头："我查过了，那个警察局局长早就因为别的事被人杀了。我不说，今天这个法事做完，宇宙杀手这个心事就放下了。我要是告诉他真相，恐怕他会觉得自己的仇永远报不了，因此一直难受下去吧。就此停止吧。"

空舟："你这机器人蛮有佛性，你是哪里生产的，你有名字吗？"

机器人："我来自银河系，生产我的是地球上一家公司，我的名字叫曹德。"

6

澈丹拼命劝说空舟把曹德带回奈何船，他一直觉得自己和师父需要一个会照顾人的机器人。曹德也很积极，最终用会酿清酒及制作寿司打动了空舟，新的因果开始了。

空舟："你先带他回船上等我吧。"

澈丹："你干吗去？"

空舟："宇宙杀手送了我几张免费杀人券，不用浪费了。"

澈丹："啊？师父，你要杀谁啊？师父！"

在澈丹的喊声中，空舟去拿号了。

空舟："只要想得够仔细，就总是有人可杀的。"

梦

中

乐

手

梦里发生的事当然不全是真的。——空舟禅师

1

澈丹常觉得自己选错了职业，可这职业本来也不是自己选的。说选错了师父也不对，师父也不是自己选的。

澈丹又觉得这样挺好，都不是自己选的，出了什么问题，抱怨起来立场很稳，谁也不能说他是活该。这世上能给人选的多数都是假象，其中最假的就是让人以为自己有的选。

澈丹现在就感觉出了问题。年纪轻轻，成天跟死人打交道就算了，跟各种星球的死人打交道就算了，跟恐龙一起生活在侏罗纪就算了，跟师父永远讲不清道理就算了，澈丹不明白的是，自己为什么要研究"盘古号"最当红偶像小生的音乐作品，如果那东西能算作品的话——不对，如果那东西能算音乐的话。

澈丹："为什么？谁能告诉我，这是为什么？"

荤荤没法回答，空舟不想回答，曹德没工夫回答——他正沉迷在那位名叫欧阳舜熙、绰号"舜宝"的偶像的演唱会表演中。全息演唱会服务可以让你置身现场，曹德花了自己所有积蓄坐在了第一排，如今已经站起来了，正跟着旁边的小姑娘一起高喊，喊的是什么估计他自己都听不见。

要想看清曹德喊的这一幕，也是要收费的，这叫"现场观摩粉丝"项目，包装欧阳舜熙这样偶像的娱乐公司早就发现了，有些人就算不喜欢一个偶像，也会关注他的新闻动态，观察他的粉丝，并在观赏粉丝们疯狂的表现时，发出讥讽，从中获得一种奇怪的优越感。

那么，为什么不能让他们为这优越感付钱呢？宇宙中没什么钱是不能赚的。

澈丹不想看，澈丹也不缺优越感，无奈空舟说了必须看——空舟命令澈丹不光要研究欧阳舜熙，也要研究他的粉丝群体。

空舟："人是无法单独成为人的，周遭的人决定了你。"

澈丹："师父，你要这么说，我就更为我的人生担忧了，你看看我周遭这都是什么人。"

空舟："你知足吧，你再看看我。"

澈丹没力气跟师父拌嘴，他全部精力都被这丰富发达的娱乐产业耗尽了。

追一个像欧阳舜熙这样的明星，时间和金钱是永远不可能够用的。现场演唱会就不说了，只要钱给够，你可以置身他主演的电影中做一个龙套，你可以在他乘坐的飞船上伪装空乘，你可以获得出现在他楼下三秒钟的机会——当然是否能引起他的注意就看运气了，毕竟也不是所有事都能用钱解决的。

澈丹通过这段时间的研究琢磨出来，正是因为不能全用钱解决，才更有意思。在不明码标价的时候，追求者们仿佛得到了一个公正的舞台，大家获得了可悲的平等……

不想了，看个破偶像再把自己弄抑郁了太不值得了。

澈丹关掉欧阳舜熙的影音，去找空舟。空舟正在听歌，摇头晃脑。

澈丹："师父，你觉得他这歌好听吗？"

空舟："谁的？欧阳舜熙啊，我又没听，我正在听自己年轻时唱经的录音。"

澈丹有点生气："你让我研究你自己不听！"

"他的歌好听不好听不重要，"空舟不听了，"那么多人喜欢他，也不是因为他歌儿好听。"

澈丹："那是为什么？"

空舟："不是让你研究吗，你说是为什么？"

澈丹："为什么都有可能啊，长得帅，年轻，有公司炒作……"

空舟："能满足这些条件的人多了，为什么偏偏是他这么红？"

澈丹："我哪知道，关我什么事，全宇宙的人都喜欢他我也不喜欢，我也不想研究了，我有这时间都不如听你唱经。"

空舟："那我唱了啊。"

澈丹："我就那么一说，我回去找荤荤睡觉了。"

空舟："要是有机会见他，你见不见？"

"我见！"曹德不知从哪里冒出来，"师父，我要见他！我要见舜宝！为了舜宝我什么都可以给你！"

空舟："你本来就什么都给我了。"

澈丹看看曹德，摇摇头："我不见。你看看，喜欢他的都是什么人。"

空舟："不见也得见，他是我们的客户。"

澈丹："他要超度谁啊？"

空舟："他梦中的一个人。"

2

"盘古号"是人类在银河系中最大的太空站，里面生活着将近十二亿人，每天有无数往来飞船。最开始建造这种巨型太空站的理由是人类相信地球必将无法承载人口膨胀，要早做打算，可在长达百年的建造过程中，学者们发现地球人口并没有爆炸增长，反而开始变少。不是天天说要炸吗？不是说地球受不了吗？不是嫌我们多吗？人们干脆不生了。政府没办法，又花钱鼓励生育，又强迫大家上交精子卵子，还闹出很多人伦惨剧。这样反反复复的事在人类历史上也不稀奇，或者说就是这样反反复复的事构成了人类历史。

不管地球如何，太空站毕竟建好了，越来越多的地球人选择到"盘古号"生活，因为大部分人都有一个经不起推敲的幻觉，认为只要换换环境——何况还是到了太空中——自己的人生就会有起色。等真到了太空站，这幻觉自然也就破灭了，在里面跟在地球没什么不同——这可是科学家费了好大劲才做到的。

不过人们也没有因此搬走，人类还有一个优点，就是对幻想破灭接受起来毫无障碍——不就是活着吗，谁不会呀。

慢慢地，"盘古号"从一个人类征服宇宙的象征，变成了一切都毫无意义的象征。简单来说，就是跟地球一模一样。

澈丹跟着空舟常来"盘古号"。这里人口多，亚洲人占很大比例，很多人过世后会选择超度，生意好做。

眼前一切熟悉如地球。知道都是模拟技术，澈丹根本不关心这蓝天草地是真是假，也不在乎这走来走去的人是真是假，毕竟在地球上也到处都是真假难辨的模拟景观，这倒是一举解决了所有环保问题。

澈丹刚到达汴梁（"盘古号"的一座主要城市，居民以华人和 π 星移民为主）就看到了欧阳舜熙的巨幅广告，那是他代言的美容产品。说美容不太确切，那产品只是用某些基因手段增强人的自信，并不真的改变外貌。欧阳舜熙的广告词就是"你不需要像我一样美，你只需要以为自己像我一样美"。

说真的，虽然很反感欧阳舜熙，澈丹对这个产品还挺动心，不过想想还是算了，毕竟有空舟在身边，什么自信都能给你毁掉。

欧阳舜熙的住所是绝密的，在粉丝如此疯狂的情况下，依然没被任何人发现。"盘古号"上的狗仔甚至高薪聘请过地球上最著名的狗仔，也无功而返。那位狗仔甚至因为出战失利，打击太大，放弃了这份高贵的职业，转行做了一名卑贱的政客，凭着众多明星的支持，选举一直很顺利。

欧阳舜熙没派人来接，直接把家的地址给了空舟，让他自己坐飞船过来。

澈丹："这地址能卖很多钱吧，他不怕我们泄露出去？"

空舟："他给我们的钱比这多得多，再说鉴于这次要超度的人，我们能泄露的可太多了，不如开始就建立信任，舜宝是个聪明人啊。"

舜宝的家在一栋二十多层的公寓里，这二十多层应该都是他的，不过他只住了六层的一间。

家里绿墙绿地，摆了很多海报、奖杯，还有各种艺术品。澈丹正感慨有钱真好时，看到了一幅凡·高的油画。

澈丹："这是真迹吗？"

欧阳舜熙给他们开了门以后，就走回卧室去穿衣服，好像这两人是他多年朋友一样。这会儿他穿好衣服出来，没怎么睡醒的样子。

欧阳舜熙："是吧。"

澈丹："你也喜欢他啊。"

欧阳舜熙："谁？不知道，这是粉丝送的。"

澈丹感慨有粉丝真好，可能比有钱还好。

欧阳舜熙坐到客厅里唯一的沙发上，意识到可能不太对，又站了起来："你们坐。"

空舟："不用了，你时间宝贵，我们时间也宝贵，咱们聊聊你梦里的人吧。"

那是一个死婴岩浆流音乐人。

科技发展，让人们能够探索宇宙，能够对抗疾病，能够保护自然，也能够发展出无数无聊的东西——这甚至要先于探索宇宙。

在音乐界也一样，音乐流派无法数清，连乐器都无法归类，歌手井喷状出现，不过比较奇怪但也没那么奇怪的事实是，好歌并没有变多。

死婴岩浆流就是一个小众流派，欧阳舜熙说完后，澈丹飞速查了一下。怎么说呢，如果非要在欧阳舜熙那红遍全"盘古号"的流行歌和死婴岩浆流的地下音乐之间选择，澈丹宁愿听前者。

但死婴岩浆流还是有它的受众，因为他们的演出基本都不合法，所以表演者出没在隐蔽的酒吧，戴着婴儿面具，喝岩浆饮料，听众也戴面具，眼中泛着怒火，时而有泪光。演出规矩是，歌手如果中止演唱的话，就意味着他要自杀了，而这也是演出的高潮。

如果是其他原因中止了演出，歌手也会死，因为听众会用手里的灭火器喷死他。

欧阳舜熙："我是在三年前梦到他的，在那之前我根本没听过那种歌，也根本不认识他。我经常被这种噩梦吓醒。"

澈丹："那他现在要中止演出了？还是说你不再会梦到他了？还是……有点儿不懂。"

"你想什么呢，梦里的人怎么会死，那是梦啊。"欧阳舜熙语气没有高高在上，可也算不上客气，就是有话直说，没太在意听者的感受。据说人人都想让别人这样跟自己说话，可真这么说了都会觉得被冒犯。澈丹还好，毕竟空舟说话比这难听多了，习惯了。

"可他好像真要死了。"

这后半句的语气与其说是惋惜，不如说是疑惑，欧阳舜熙也没明白为什么一个梦里的人会死。

欧阳舜熙脚搭在桌上，只在进门时让了一下空舟师徒，现在似乎已经完全不在乎他们站得累不累了，他陷入了已经思考过无数次的问题："他到底是谁？"

3

这个问题欧阳舜熙自己查了无数资料，雇用了专门的机器人，也找了人类学者咨询。他在约空舟来时，就说明了这一复杂情况，虽然空舟知道他接受了报价后就没再在意过他说的任何话。

随着人类文明的发展、人类精神尺度的拓宽，人类的精神问题也日益严重，基本上每个人都有至少一位心理医生。死婴岩浆流这种音乐形式绝算不上严重的心理问题，欧阳舜熙的梦境也不算。人常被各式各样的梦境困住，早就发明了造梦机，也发明了入梦机。

人可以为自己制造梦境，也可以与他人的梦境联通。但很意外，这两种机器都没有想象中那样受欢迎，企业家和心理学家痛定思痛，得出结论，"意外"才是梦的根本。

与他人梦境联通的问题则是，梦毕竟过于隐私，甚至无法控制，陌生人你信不过，熟人你不愿意。

空舟让澈丹研究欧阳舜熙就是为了今天联通梦境别出什么问题，谁也不知道梦里会出现什么，对梦主多些了解，就少些意外。

欧阳舜熙带空舟师徒来到了另一个房间，那里梦境联通器早就架设好，屋里除了他们也没有别人，机器人都在大楼外面守着。

"哦，忘了说他为什么会死。"欧阳舜熙这时才解释道，"死婴岩浆流每一位歌手都会在某场演出中在台上自杀，别问我为什么，这就是他们的音乐梦想。"

欧阳舜熙脸上没有不屑，但显然也没有多尊重这种梦想。

欧阳舜熙："挺好，死了也好，我就不用再做噩梦了。"

这么不喜欢他何必还专门请人来为他超度呢？澈丹没问出口，想来终归是相处了三年，听了他那么多演出，有感情了吧。不光是感情，或许这位偶像歌手爱上了那黑暗荒谬的音乐也说不定。

"吃吗？"欧阳舜熙拿着安眠药，往自己嘴里放了一片。

空舟："不用，我睡眠一向很好，你给他吧。"

澈丹吃了药很快进入梦乡，来到了一个地下演出场所。走道里弥漫着烟草和棉花糖味儿，肮脏拥挤，很多人，也有外星人。澈丹挤到门前，挤进演出场地，没听到意料中的噪音。场地中人人都戴着面具，台上歌手也戴着面具，看身影是个女孩儿，那歌手忽然摘了面具。

"小北！"澈丹大喊出来，想挤上去，后面有人拉住了自己，回头看是师父。

空舟："醒。"

澈丹醒来发现师父在眼前，摘了联通器。"嘘！"空舟示意澈丹别说话，澈丹看到欧阳舜熙站了起来，走向房间里一个暗门。

那暗门后是电梯，欧阳舜熙目光呆滞，空舟师徒跟着他坐电梯一直向下，看指示灯来到了地下三层。

出电梯是个隔间，隔间里有死婴岩浆流的面具和乐器，欧阳舜熙戴上面具后开门出去，澈丹看到前面是一个舞台，欧阳舜熙上去了，他喝了一口台上准备好的岩浆饮料，开始了演奏。

澈丹说不清自己是恍然大悟还是一头雾水，回头看空舟，空舟死盯着台上，澈丹也看向台上，忽然欧阳舜熙从乐器中抽出了刀，台下人群沸腾，乐迷们等来了这必然的时刻。

澈丹："不要！"

澈丹冲到台上扑倒了欧阳舜熙，场中瞬间安静，都盯着台上，戴着面具的人群提起手里的灭火器，准备动手。

澈丹想过很多次自己会怎么死，从没想过自己会因为救人而死，还是救这样一个人，而且此刻还有点弄不清他到底是个什么人。

澈丹已经听到声音，听到有人走过来，澈丹有些后悔了，不知自己跟师父死了，谁来为他们超度。

音乐响了。

澈丹抬头，人们不再靠近，都看着台上，台上有人在演唱，虽然戴了面具，但澈丹还是能看出那是空舟。

空舟用纯正的死婴岩浆流演奏方式，唱起了自己年轻时常唱的佛经，听众纷纷放下灭火器，往台上扔起奶瓶——这是他们表达喜爱的最高礼节。

欧阳舜熙躺在地上一动不动，可能还在做梦。

澈丹被师父的音乐，和他救自己的行为打动，也戴上面具唱了起来，刚唱了两句，台下的人又不动了。

澈丹发现自己戴的是欧阳舜熙的面具，此时他的脸露出来，所有人都认出来了。

台下骚动，这些乐迷也不知道该怎么办。

死婴岩浆流因为恐怖的演出方式，总出人命，演出在地下进行，人人戴面具，也是为了自保。

现在看不出他们的表情。

澈丹猛推欧阳舜熙，他还是不醒。澈丹不知道这些地底扭曲狂暴的乐迷会对一位庸俗偶像做出什么事儿来，他感到死亡再次近了。

"是舜宝！"台下有个女孩子的声音说。

"舜宝！"一个男人的声音。

台下听众兴奋起来，很多人摘掉面具想冲上台。

"舜宝！""舜宝居然也唱我们死婴岩浆流！""啊！我就说我们的音乐不小众！"

空舟和澈丹拉起欧阳舜熙逃走了。

在回家的电梯上，欧阳舜熙醒过来，问了一句："现在是梦吗？"

4

第二天，全"盘古号"都知道了欧阳舜熙有精神疾病，很普通的一种，精神分裂，并且另一个身份是一位死婴岩浆流的歌手。在新闻爆出几分钟后，很多人就表示自己也有同样的症状。

他的名气再次飙升，很多以前像澈丹一样反感欧阳舜熙，对审美自视甚高的人，也成了他的粉丝，并写了很多文章，找了很多高深莫测的理由。他的公司已经宣布了马上会出一张死婴岩浆流的唱片。

经纪人联系到欧阳舜熙，非常激动："高啊！舜宝，你这招厉害啊！哈哈哈，我们还担心你的人气马上要下跌。你也到了顶峰，不瞒你说，最近一年一直在头疼你怎么转型，没想到你自己想出办法了，哈哈哈哈。难为你还学了那么难听的东西，不过没事，我们找了他们最专业的音乐人，马上给你打造一连串……"

欧阳舜熙什么也没说，关掉经纪人的显示页面后，跟空舟说："你看，我这个计划不能找身边人，他们我都信不过，找你们对我来说比较安全。现在结局不错，超度的钱我会照付。"

"不用了，"空舟说，"那位唱死婴岩浆流的歌手不光没死，还终于活在世人面前，就不存在超度了，不存在超度，我就没法收钱了。"

澈丹："你是利用我们啊！"

澈丹有点生气。欧阳舜熙没什么表情，也没说话。

空舟："走吧，技不如人就认栽，有点出息。"

澈丹："我还救了你一命，我差点被灭火器喷死！"

空舟："走吧，还要不要脸了，谁求你救人了。"

空舟冲欧阳舜熙合十，拉着澈丹离开。欧阳舜熙看着空舟的背影，还是没说话。

澈丹："师父，被这么个青春偶像戏耍利用，你居然就认瓜了。"

空舟："别把人想的那么简单。"

澈丹："什么简单？他还简单，他这多复杂啊！找咱俩来，让咱们冒着生命危险把他的人格暴露出来，又不给钱，他还继续……"

空舟："你觉得他算准了我们会救他吗？"

澈丹："是我救的！不过你救了我。"

"我可没救你，我就是想唱歌，"空舟继续说，"我相信让你再犹豫一会儿，也不会救他了吧？"

澈丹："那他是——真想死？"

空舟："不知道，人并不知道自己的行为是为了什么，尤其涉及生死。"

空舟说得严肃，澈丹忽然笑起来："师父，你歌儿唱得挺好啊，人家都扔奶瓶了。"

"看你这么开心，可能这个不需要给你了。"空舟解开一个包裹，里面是凡·高那幅画。

澈丹："啊！舜宝给我的啊！"

空舟："现在叫舜宝了？"

澈丹："他为什么给我啊？"

空舟没说话，看着澈丹。澈丹想到师父刚刚说的那番话，也不再问了。

模拟舱里放着欧阳舜熙的歌，曹德跟着跳来跳去。

歌里唱道："你是梦，我是梦，为什么做梦，为什么要醒。"

澈丹听了一会儿，依然觉得是很烂的歌。

不过他可能有他的苦衷。

银河系漫游者

生命其实没有那么重要，有时都不如一份工作重要。

——空舟禅师

1

这个自称福特的人，是突然出现在荦荦面前的。荦荦先是吓了一跳，又怀疑这是空舟为它安排的某种考验，如果跟着自己的本能反应行动，很可能遭受更多更可怕的考验。空舟的考验总是这样，从来摸不清什么样才算做对了，也根本不知道做对了能怎么样。

于是荦荦克服恐惧，拼命调动它霸王龙基因里"霸"的部分，嚎了一声，向福特靠近。

福特挥舞着一条白色毛巾，高喊："这里有个机器人叫曹德对吗？你就长这样吗？"

荦荦感觉自己受到了侮辱，闭上了张开的大嘴，走开了。曹德走出来。

"我是曹德。"曹德也意识到眼前这个全息成像很可能是师父（不顾澈丹的反对，他坚持这么称呼空舟）安排的考验，连忙修改答案，接近他心中认为的佛理，"我也可能不是曹德，我只是幻象。"

"唉，我早该知道跟机器人谈话不会有什么好结果，你们这些机器人为什么就学不会热爱生活？"福特继续挥舞毛巾，每挥舞一下，他的声音都变得更大，"空舟禅师在吗？我来找空舟禅师！想请您为我做一场超度啊。"

奈何船上的模拟舱时常调整，空舟自己买了些书和最新零件，想让模拟舱能模拟更多场景。目前最实用的就是无限扩充器，可以让模拟舱有整个地球那么大的空间，空舟常用来模拟侏罗纪。但由于是二手商品，侏罗纪的雨林中经常会出现找不到主人的导盲犬。

福特就站在一棵树下，朝着天空喊。福特知道这么做没有意义，空舟肯定不在天上，这只是智能生物不可避免的很不智能的下意识动作，类似经不起推敲的行为还有很多，普遍存在于银河系所有文明中。

空舟和澈丹出现在了大树旁。

澈丹："你是谁，你怎么进来的？"

澈丹用上了自认为最强硬的语气，但听起来还是很有礼貌，空舟的问题则简单得多。

空舟："好，你有多少钱？"

福特："我没什么钱，但我能送你们一些奇怪的玩意儿，让你的模拟舱更先进，还有我的毛巾，以及一本书。"福特又看向澈丹，"严格地说，我并没有进来，你们面前的是全息投影，我黑进了你们的模拟舱来跟你们说话。"

澈丹："你不会打电话吗？"

福特："通常说是应该打电话，可情况有点紧急，我刚刚摆脱一场追杀，为了尽快进入你们的飞船，我只能以这种方式提前进来。"

澈丹："就是超度你自己吗？你为什么要进来？我们都是上门服务的。"

福特："我一直在找你们的船，说来话长，现在的情况是找个得不进来，我正用这条毛巾挂在你们的飞船外壁，如果我的计算没错，它马上就要断了。"

2

澈丹开了舱门让福特进了奈何船，本人长得跟全息投影不太一样，毕竟现在的投影技术总是自作主张加入美化皮肤和瘦脸的功能。

澈丹："你还没说你是什么人，还有为什么会死。"

澈丹想到他是如何到达奈何船的，觉得第二个问题有点多余。

福特："我叫福特，是一名调查员，或者作家。这是我参与撰写的作品，一本辞典，帮助你了解关于银河系的一切。"

福特从怀中掏出一本书，封面上用大字写着 Don't Panic，借助多言草的翻译功能，澈丹看出这本书名叫《银河系漫游指南》。

澈丹："你刚说可以给我们的报酬就包括这本书？"

福特："是啊，你没听说过这本书对吧？"

"我以前认识一个地球人，也没听说过它，"福特叹了口气，"这也是我想给自己做超度的原因，我不想再从事这份工作了，我要开始新的生活。"

澈丹："所以你并没有受到生命威胁？"

福特："当然有！每天都有生命威胁啊！不过辞职以后，应该就不会了，怎么了？"

澈丹："可是，超度是要你死了才……你知不知道超度是什么意思？"

"当然知道，银河系里就没有什么是我不知道的，"福特说着打开了手里的《银河系漫游指南》，念了起来，"超度：发生在宗教场所和熟食制品店内的仪式活动，当一个人厌倦了当前的人生或从事的工作，专门为人超度的死人或死掉的动物就会躺在他面前，听他念诵经文，使这个人感到心灵上的净化，开始新的生活。虽然仪式结果往往与目的有偏颇，但相比起其他大部分发生在宗教场所和熟食店里的事来说，可以称得上是温和无害的。"

福特念完，抬头看向荦荦："我知道两位常在宇宙中为人超度，所以肯定不是你们死。这个恐龙就是你们养来为人超度用的吧？"

"你是叫福特对吧？"空舟说话了，"福特，你辞职是对的。"

3

没费什么劲，空舟和澈丹就让福特明白了《银河系漫游指南》里关于超度的定义是错的，福特接受起来毫无障碍，毕竟那本书里也没什么是对的。

澈丹还有一个问题搞不明白："你辞职就辞职，需要一个仪式吗？"

福特："我找你们超度——虽然搞错了——有两个原因，一是我曾经真的很喜欢这份工作，我需要跟它郑重道别；二是你们是地球人，我曾经认识一个地球人，他对我和我的职业产生了很多影响，大部分是有害的。"

澈丹："那这跟我们有什么关系？"

"你看，这就是你们地球人总问的问题。"福特收起了毛巾，"没什么关系，就是想职业生涯最后的冒险也跟地球人一起度过。"

澈丹："冒险？谁要跟你冒险了？"

"这也是你们地球人毫无意义的担忧，"福特向舷窗外看去，"如果冒险可以选择，那还叫冒险吗？还记不记得我说过有人追杀我？"

一枚炮弹在奈何船附近炸开，船体震动，空舟没有什么表情。

空舟："炸坏了我的船，你可能就真的需要超度了。"

4

追杀福特的是沃贡人，他们是银河系里野蛮残忍的拆迁队。听福特讲述，正是他们曾经试图拆迁地球，并且在某些平行宇宙，这件事已经发生了。

拆迁只体现他们的野蛮，而残忍体现在沃贡人会给所有被抓住的人念诗，而听完他们念诗的人，很少能健康地活下来。

澈丹："他们为什么要追杀你？"

福特："因为我在指南中他们的词条下面加了很多不好的描述。"

澈丹："你那本书还真的有人在乎？"

福特："不知道，他们也可能只是单纯地想念诗给我听。"

奈何船全速前进，曹德灵巧地操作飞船躲避导弹。

曹德："师父，我们的能源不够继续维持高速飞行了！"

澈丹："不要叫我师父'师父'。"

空舟："你刚说沃贡人能做出最残忍的事是什么？"

福特："对人念诗，他们自己写的诗。"

"如果你这个指南这次写得对的话，"空舟捧着那本书翻查，"他们念完诗就会放人走，因为觉得没有必要杀掉，对吧？"

福特："对，你会情愿被他们杀掉。"

"曹德，尝试跟他们通个话，"空舟在找外套，"我去跟他们谈谈。"

5

空舟健康地回来了，并带回了可能是全宇宙第一份对沃贡人诗歌清醒的读后感。"我觉得写得挺好的,你要是看过澈丹给小北写的情诗,会跟我一样想。"

福特目瞪口呆:"那他们也放过我了?"

空舟:"我说你会修改词条,并把我的读后感完整附在下面,这估计就是你的最后一份工作了吧。"

福特:"他们还说了什么吗?"

空舟:"没什么了,就说我的诗也很好。"

澈丹:"师父,你也读诗了?"

空舟:"我像你那么不要脸啊?我读的《金刚经》。"

"乱套了,这个银河系乱套了,我辞职绝对是对的,"福特拿出指南和通信设备,"我会修改,不过这需要给指南编辑总部的人审核,虽然他们八成也不会仔细看,唉。"

空舟:"记得给我加钱。"

福特:"钱我真的没了,除了能给你的设备,这个人情,我就请你们吃顿饭还吧。"

澈丹:"你不是没钱吗?"

福特:"我正好有三张代金券,是宇宙尽头餐馆发给我的,相信我,那里的饭菜配得上这个人情。还有我的超度仪式,也很合适在那里举办。"

澈丹:"你可能还是没听懂,你活着我们没法为你超度。"

福特："噢，我都忘了，无所谓，吃过了那里的饭再说这些吧！"

福特的脸上只剩对餐馆的渴望。

澈丹想，以这样的人生态度活在宇宙中是不错，可写作指南这样的书真的……算了，也许正是需要这样的人来写。

根据《银河系漫游指南》记载，宇宙尽头的餐馆自然位于宇宙尽头，顾客可以在那里观赏宇宙毁灭的景观和一些脱衣舞表演。入场价格昂贵，常年排队——考虑到它在时间线上不确定的位置，排队人数多得不像话，你常常会发现你排在你自己的后面。

福特："我在这里也曾发生过很多故事。"

澈丹："你说你很喜欢这份职业？"

福特："这简直是我的毕生梦想，我想一辈子都当指南的编写员，可惜现在的指南变了，宇宙也变了。"

澈丹："你辞职后要做什么？"

福特："没想好，我可能会去打板球。"

澈丹："那是什么？"

福特："一种地球上的运动。"

澈丹："你这么喜欢地球啊？"

福特："我可不喜欢，我也不喜欢这项运动，只是我在拉尔星上找到了一支少年队，他们愿意为我提供背号为 42 的球衣，我喜欢这个数字。其实也不喜欢，可人总要喜欢点儿什么吧？"

饭菜端上来后，空舟一直在吃，还点了很多种类的酒，澈丹则盯着外面宇宙毁灭的奇景。

福特："多壮观啊，是吧？"

澈丹和空舟同时说道："是啊。"

澈丹激动得双眼模糊，想回头跟师父和福特来一个心意相通的对视，却发现两人并没有看宇宙毁灭，而是在点评盘子里某种长得像猎户星云的海鲜。

澈丹："你们不看看吗？"

空舟："有什么好看的，反正早晚有一天能看到。"

福特端起酒："我曾经以为自己直到宇宙毁灭，都会是一名指南的编写员。"

空舟："你太乐观了，我们大部分人都得死在宇宙之前。"

福特："指南总部总是一片混乱，编辑们根本不在乎我们写了什么，他们只关心自己是否能升职。我们这些在外工作的，总是得不到合理保障，不说报销额度和工资上调，荣誉感呢？连不要钱的荣誉感都不能提供给我了吗？"

空舟还是低头猛吃，呷了一口酒才说出话来："可这不是你毕生的梦想吗？为了实现梦想，总要付出很多。"

空舟又跟澈丹说："这就是为什么我告诉你人不该有梦想。"

福特酒喝了不少，有些伤感："对啊，这是我的梦想，是我曾经说过能为之付出所有的梦想。"

空舟："显然刚让你付出了一点儿，你就觉得不划算了。"

福特简直要流出眼泪："我怎么会这样。"

空舟："你也不用煽情，宇宙中谁不是这样。"

"妈的，这个当初就不该爆炸的宇宙，"福特喝多了，摔了杯，举起了酒瓶，"为宇宙毁灭干杯！"

窗外景色极致瑰丽，有顾客已经吓晕了。

福特的大声高喊吸引了餐馆里很多人，包括一些正在做某种宗教仪式的，也举起了酒杯。

"干杯！"

"为了宇宙毁灭！"

"为了明天不用上班！"

"为了我的心理医生！"

"福特？！抓住他！"

一个声音响起，一些不知是什么星人的家伙从各处向福特扑来。福特抓起刚刚放在腿上的毛巾狂奔出门："抱歉！

这毛巾我不能留给你们了！"

福特跑出去，忽然又跑回来，澈丹这才看见，在他们旁边桌坐着一个圆头圆脑、不起眼的机器人。

福特："马文？你怎么也在这儿？快跑！"

那些要抓福特的人听完，声音更加愤怒："马文也在？抓住他们！"

"为什么，你为什么要来叫我，"那个叫马文的机器人即使跑起来也不慌不忙，或者说一脸沮丧，"我们又为什么要跑，能跑到哪儿去呢，这里已经是宇宙的尽头了……"

这就是澈丹和空舟最后一次见福特。

6

那本《银河系漫游指南》留了下来，澈丹时常翻阅，里面给佛祖的定义是：一位智商极高的雄性，曾经生活在地球，目前在参沙星系活动，是当地著名的电影制片人。

"沃贡人"和"超度"的词条都更新了，前者附有空舟令人难受的读后感，里面一半篇幅是在论证为什么澈丹的诗比沃贡人的还差，澈丹不愿看。而"超度"词条的修改也并没有多么接近原意，可看了确实让人十分高兴。

超度：基本上代指一切活动，只要你能提供足够的金钱或好酒，宇宙中目前唯一还在从事超度行业的奈何船就会为你送来超乎需求的服务，有时甚至与你的需求完全相反。

词条后面留着奈何船的联系方式，还有一个小括号：本条由"不打算辞职了·也不再有梦想·福特"友情编辑。

澈丹也不知道这本胡言乱语的书有什么可看，可它确实伴随他度过了很多宇宙中空荡的时光。

酒厂入侵

我们对蚂蚁做过的事也都是违法的。

——空舟禅师

1

很久没生意了。这回不同往日，空舟在天堂帮小丑超度的事儿很多人都知道了，邀约络绎不绝，可很显然这门生意是没理由瞬间突然这么多人都需要的，很多人就是想看看这对师徒是什么样的人。

空舟决定避避风头，去了天堂玩儿。

"可天堂不就是人最多的地方吗？"

面对澈丹的问题，空舟解释了这背后的逻辑，只是澈丹没听懂，估计也没人能听懂。

澈丹自然是留在奈何船上，空舟说是以防万一。澈丹也实在想不出会有什么万一。

奈何船胡乱游荡，澈丹上次回"盘古号"的时候买了一台电视机，现在正在用这台电视看《人类探索新闻》。电视在人类发展史上多次被淘汰，又多次复活，人类就是没法摆脱它。当一个家庭陷入沉默，客厅缺少生气，在半夜三点想转移自己对死亡的注意力时，人们本能地求助电视。再说，"新闻"这种东西，就是得在电视上看才能有那种不需要思考、不知不觉被洗脑的快感。

《人类探索新闻》在播报地球舰队最新发现的行星。这没什么新鲜的，要是愿意的话，人类一天可以发现一百个行星。比较令人类振奋的是，这颗星球上藏有大量比呋弗42，经过某种技术转化，这种物质就能变成与地球上陈酿百年的葡萄酒一样。而那种技术转化就是找一个精美的瓶子把它装起来。

比呋弗42最近几年才被人类发现，这是第三次在行星上探测到这种神奇的物质，而且储量这么大，发现那颗行星的舰队隶属于一家酒厂（是的，宇宙中所有事你都可以称为巧合），现在正在走复杂的法律程序（总有很多流程要走，不然宇宙中除了走流程什么都不会的人会大面积失业，那几乎占到全宇宙百分之九十九的人口），之后就可以开采了。那条新闻的最后，是舰长陈尼昂激动地宣布每年预估的开采量，以及面向全娱乐界诚招有意代言这款酒的明星。

"我们应该上去看看。"曹德盯着新闻，擦着酒杯，表情很严肃。

澈丹："去干吗？"

曹德："开采一些比呔弗42，给师父喝。"

"那是我师父！"澈丹觉得谁的师父也不值得这样冒险，人类舰队肯定会严格监控那颗星球，而且陈尼昂肯定已经得到了那颗星球的主权，不经通报登陆，是违法行为，"你能不能学点儿好，到时候花钱买不行吗？"

曹德："我观察了，买来的酒，师父喝着不香。"

这点他倒没说错。

"你不要担心，"曹德放下酒杯，又拿起另一个擦，"师父教导过我，人类自我保护的主要手段就是虚张声势，他们的监控肯定没有那么严格，不然我怎么可能收到勾股定理呢，我们就直接飞上去好了，我……"

"啥，啥勾股定理？"澈丹看了眼数据，发现奈何船离那个行星不远。

曹德："我刚刚看新闻的时候往那边扫描了一下，上面有人在发射勾股定理、歌曲、风光图片什么的，这不重要，我……"

澈丹："那颗星球上发出了什么？！"

2

奈何船没费什么力气就靠近了那颗星球。那星球被陈尼昂命名为路易十四，作为一个父亲是全人类第三大酿酒商、从小就为继承家业准备着的有为青年，取出这样的名字并不奇怪。

路易十四是颗灰绿色的星球，星球轨道上有陈家庞大的舰队，还有政府一些负责监管的公务船，岗哨密集。可奈何船飞往路易十四没受到任何阻碍。

有一艘哨兵船发来问询："请来船报明身份。"

曹德回复了一个名字，就通过了。

那是地球上一个著名的影星，以演技烂，但参演电影众多而著名。谁都不明白她为什么可以得到那么多出场机会，并且总是跟最出名最有才华的导演合作，所以人们本能地认为她有不为人知的背景，并且那是不能多问的。

曹德："你看看，他们都不敢核实身份。"

澈丹想，在这方面的"智慧"上，曹德似乎确实比自己更像是空舟的徒弟。

奈何船搜索着信号发出的位置，越飞越近，澈丹透过舷窗看出那是一片草原，有小河，有羊群……果然是未被开发的星球，空气中跳跃着原始的生命力，再靠近一点，澈丹看见了，还有一个雷达。

澈丹："曹德，你帮我查查地球法规，有文明存在的星球是禁止开采的吧？算了，不用查了，法规有什么用。"

奈何船停在草原上，澈丹吃了多言草，准备跟当地文明进行沟通，并想该怎么说才能让他们相信，他们的星球被一个酒厂盯上了。

"外星人！他们终于肯跟我们交涉了！""叫战斗机和火炮准备攻击！""派出谈判代表，把画的那些图都带上！""不要移动部队，不要被他们发现我们的敌意！""这可能是我们人类文明最后的希望！""等等啊，等领导来了再说吧。""不要再吵了，他们可能会监听到！我们不了解他们的文明程度！"

澈丹确实都听到了。

澈丹为决定来这个星球上见义勇为而感到后悔，同时非常想念自己的师父——只有他才会处理这种局面。

3

通过几次慎重、简短的电波交流，澈丹让对方明白了自己跟包围了他们的人类舰队不是一伙儿的，自己是听到了勾股定理才来的，并且出于一定的直觉，澈丹不愿意离开自己的飞船，他们可以派人来飞船上谈。

对方经过一番秘密的会谈（澈丹当然监听了全过程），派出了一位年轻人。这年轻人并没有什么特殊身份，只是这基地的一位研究员，派他的原因是，他是负责编写和发射"友好声波"的人。"友好声波"就是奈何船收到的那些玩意儿，澈丹想，此刻大气层外醉醺醺的舰队很可能也是因此而来，并且态度相当"友好"（澈丹都不知道这里该不该使用双引号）。

很久以前，人类也向宇宙发射过"友好声波"这样的东西，它产生的不良后果直到今天人类都没有完全摆脱。

那年轻人叫刘白，此刻肩上扛着全人类的希望，出发前多位政要对他又拍又抱，甚至流下了泪水，表示只恨自己有要务在身，为了更广大人民的利益，没法替他前来。

曹德把刘白接进了船舱。怕刘白害怕，澈丹让荤荤不要乱叫，并把模拟舱调成了最初庭院的模样，为他倒了茶。

这星球上的生命跟地球人长得很不一样：头在下方，与人交涉的"嘴"长在背后，但澈丹却看出他们的穿衣风格和人类非常一致。

刘白穿的是人类进入宇宙文明之前比较流行的西装，当然是用了奇怪的剪裁方式才穿在他身上。在等茶的时候他紧张地玩着手机——另一样在人类中也流行过一段时间的东西。

澈丹："大概情况我也说了，我不知道能帮到你们什么，总之你们的处境很危险。"

刘白下坠的脸表情难过，澈丹猜他可能觉得这跟自己发射的友好声波有关系。

澈丹："你不要自责，宇宙中很多文明都干过这样的蠢事。事实上他们还要感谢你，如果没有你的声波，我也不会来——我不来，你们可能真的要被开采了。"

刘白还是没说话，继续摆弄手机。

澈丹回想起来，手机其实是一种通信设备，而自己忘记监听它的电波了。

澈丹发现自己头昏脑涨，并且看到远处的荦荦也倒地了。刘白用手里的手机发射出电流一样的东西，击倒了曹德。

看来这手机不光能接收任务，还能执行。奇怪的科技发展方向，怎么不把这聪明才智运用在研究飞船上，落到今天被人包围的……

澈丹意识越来越模糊。

师父回来要骂我了。

澈丹失去了意识。

4

澈丹被关在一个房间里，墙上有一面大镜子，澈丹猜，那后面应该站满了人。真是怀旧的好地方，地球上现在有这样的时尚，用这样的过时科技装修正是潮流，这样一间审讯室可以算是品色上好的古董了。

希望曹德和莘莘不要有事。

澈丹叹了口气，努力回忆师父教过的那些在绝境逃生的办法，发现都想不太起来。师父一般不会陷入绝境。

刘白进来了，换了身衣服，跟人类的军服差不多，应该就是这个地方的军服。澈丹也怀疑自己是怎么看出这个领口在身体下方的东西是军服的，他可能比自己想的要更关注时尚一点。

（我怎么是这样的人，一切有为法如梦幻泡影，我为什么总关注这些东西，而且现在生命垂危，我怎么还在想我为什么会关注这样的东西……）

"你好，"刘白的话打断了澈丹的思绪，"重新自我介绍一下，我叫刘白，是沙球霍利坦人民共和国军情六处的特别指挥官。"

"你为何要相信陌生人？"澈丹仿佛听到了空舟在质问自己。

刘白："我们已经向你们入侵我方的舰队告知了你被我方扣留的信息，希望你配合我们，说清楚你们入侵沙球的目的。"

（不对，这事应该怪曹德啊，开采酒，简直疯了，要不是他说开采酒我也不会来。可说到底还是我假仁慈，真想救他们，应该去跟陈尼昂交涉啊，在这里装什么……）

"请回答我的问题！"刘白的语气强硬，但底气不足，他看起来不是很想这样问话，"说出你们入侵沙球的目的。"

澈丹："葡萄酒。"

刘白："什么？"

澈丹："目的，葡萄酒。"

刘白又露出了那种难过的表情，他从进来自报身份开始，澈丹就感到他很不自在，总是向镜子看去，以示自己在完成工作。他也就是完成工作吧，这个以发射友好声波为职业的人，遭遇了这样的结局，他的世界观可能已经先于他的世界崩溃了。

澈丹："我的朋友呢？"

刘白："他们在……"

刘白忽然扶一下耳机，没再说下去，这应该是需要保密的内容。

刘白："先交代你的问题，你们到底是什么人？"

澈丹："地球人。"

刘白："你负责什么工作？"

澈丹："我只是路过。"

刘白："你们到底要干什么？"

"就是想喝点葡萄酒，"澈丹心里还是很担心荦荦和曹德，虽然他们看起来都比自己要强壮，"别问我了，我也不懂这是为什么，我们地球上明明就有葡萄酒，而且那并不是一种稀缺资源，不喝也不会死，可他们，陈尼昂，就是想要你们的葡萄酒……"

刘白："就为了酒，我们就要被毁灭？"

刘白的表情更难过了。

澈丹看着他那张倒挂的丑脸，说不出话来，认可了他的悲伤。

门被打开，进来更多穿军服的人，其中一个穿着西装，显然是个领导。

西装男人："你好，我们沙球是文明世界，不管你们是什么样的入侵者，我们都不想采用非人道的手段，可你不配合，我们也只能出此下策了。"

军人带着一些器具，刘白的表情更难过了。

澈丹："我没有骗你们，我真的是来帮你们的，虐待我也没用，你们应该抓紧时间尝试沟通。"

"沟通？你们不就是沟通惹来的？"西装男人看了刘白一眼，刘白羞愧地低下了头（在澈丹的角度看是抬起），"我们一定会抵抗到底！"

刘白："我们还是应该沟通。"

刘白抬起头（也就是又低下，把头摆回原来的位置）："我们应该相信文明，武力解决不了问题啊将军。"

西装男人："我让你看看能不能解决问题。"

那些拿着器具的人向澈丹靠近，澈丹心中默念起大悲咒，想到今天可能要为自己超度了。

有枪声响起，西装男头部中枪。片刻混乱后，刘白和军人们飞快趴在地上，丢掉了枪。

澈丹睁开眼，门外走进来几个穿着另一种军装的人，然后是澈丹在电视上见过的陈尼昂，他也换上了一身军装，脸上写满兴奋。他身边是曹德、荤荤和空舟。

澈丹："师父！"

喊完流下激动的泪水。

空舟好像酒还没醒："陈老板，这就是我徒弟，见笑了。"

5

陈尼昂当然从最开始就知道这星球上有文明，当然是收到了勾股定理来的，但无所谓。

陈尼昂想的是只拿葡萄酒，不伤害人，只要当地人愿意配合就好。

可是跟着家里做了多年采酒生意，陈尼昂知道，不伤害人的话，对方配合的几率是零。

为了免除一些法律上的麻烦，陈尼昂就在轨道上喝着酒，等他们来攻击，随便还还手，就会有人配合了。

昨天收到沙球威胁，说他们绑了人质，陈尼昂很高兴："确认真的是人类飞船吗？太好了，等他们死了咱们就去拿酒啊。哎呀，总有这样的烈士。"

陪陈尼昂喝酒的外星女伴认出了图中的奈何船，告诉陈尼昂，曾经有个叫空舟的人开这个船来过我们星球，走的时候很多女孩子都哭了。

陈尼昂："叫空舟？"

陈尼昂是天堂的常客，这个名字自然听过。他联系到小丑，得知空舟正在天堂烂醉。空舟只说了一句："随便吧，跟我没关系，澈丹这个弱智不值得同情。"

是小丑苦劝，空舟才决定赶来和陈尼昂搭救奈何船。

小丑："你徒弟是不值得同情，可飞船上还有我的甜甜啊。"

甜甜是荦荦以前的名字。

空舟醉醺醺地过来，陈尼昂亲自带队，打下来的过程非常容易。当地早有一支主和派（哪个星球都会有主和派等着侵略者，并且有时是正义的一方），他们迎接陈尼昂，飞快谈妥条件，以后由他们来运送葡萄酒，不会再发生任何伤亡。

澈丹："没必要杀那个西装男吧？"

空舟："不是我杀的，是他们沙球上的主和派觉得有必要杀。"

澈丹："所以那个什么42矿物，就是人家酿的酒，对吧？"

空舟："对。"

澈丹："陈尼昂这样做，好像是为了救我，可其实依旧是违法的吧？"

空舟："我们对蚂蚁做过的事也都是违法的。"

澈丹想说自己从不杀蚂蚁，但明白师父不是那个意思，就没说。

澈丹："那他付出了什么换取人家的酒？"

"根本不用换，酒是他们主动送的。"空舟把奈何船的模拟舱变回自己喜欢的样子，喝起陈尼昂送的酒，"随便教他们一点先进科学技术，他们不光送酒，可能已经开始着手给陈尼昂立像写传记了。他们这儿要是有和平奖，今年的和平奖肯定也会给陈尼昂。"

澈丹："向低端文明输送科技也违法啊！"

空舟："杀他们违法，帮他们也违法，可能是法错了。"

曹德给空舟把酒倒满，看向澈丹，意思是说，你看，果然是不要钱的酒师父喝着最香吧。

澈丹："师父，你干吗先救曹德和荤荤不救我？"

空舟："如果我先救了你而没救出他们，你肯定会难过内疚一辈子，并且一直念叨我，我嫌烦。"

澈丹忽然想到什么："师父，你跟陈尼昂怎么好像一见如故的样子？"

空舟："谁知道，都喝多了吧，还预约了咱们给他爸超度呢，我说了不管多忙都一定帮他把老人送走。"

澈丹："那你俩这么好，能不能帮忙说说，让那个刘白当个送酒官什么的吧，别杀他，他是个好人。"

"你看看，"空舟又掏出一瓶酒丢给澈丹，"你们好人有多麻烦。"

酒瓶上画着勾股定理。澈丹想，这是刘白送给自己的酒。

看来他没事，这算是好人有好报吗？

麻烦就麻烦吧。

克

隆

伦

理

活着的意义只有活人关心。

——空舟禅师

1

在空舟的逼迫下，澈丹参加了"人类宇宙全片区伦理学"考试。这是受人类在宇宙中全部居住地承认的考试，顺利通过后，你就能拥有伦理学从业资格，可以在全宇宙范围内传教（无论是什么教）、当老师、做杀手、替人收发快递、理发……当然也可以做超度的生意。

澈丹："可是我不考这个证，我们也一直在做超度啊。"

空舟："考了就合法了。"

澈丹："师父，你什么时候在意起合不合法了？"

空舟："我不在意啊，所以我不考。"

澈丹："……那合法会有什么好处吗？"

空舟："也没什么好处。在不少地方，拿着伦理学资格证的人，还很容易遭到抢劫。"

澈丹很苦恼。

模拟舱的院子里吹着小风，某个禅房的门开着，澈丹在未来一段时间内就要在那个禅房里完成层层考试——他想起了小时候背经的痛苦。

空舟则事不关己，手里拿着根逗猫棒，训练荦荦跳到冰箱上，全然不顾遗寺的院子里有一个冰箱是多么突兀。就像是嫌有个恐龙还不够突兀一样。

澈丹："为什么还容易遭到抢劫？"

"因为得到伦理学考试的冠军会有一大笔奖金。"空舟又放下了逗猫棒，去冰箱里翻找吃的。

澈丹："有奖金啊，你怎么不早说。"

空舟拿出根雪糕吃起来："让你学习伦理学，吸收不同的知识，是为了钱吗？"

澈丹一时语塞。

空舟吞下一口，接着说："再说，帮你报名的时候都填好了，拿到了奖金，钱是直接打到我们奈何船账户的。"

澈丹："奈何船的账户不就是你的账户吗？"

空舟："没说不是啊。"

曹德大声喊澈丹："要考试了！快进去吧！"

澈丹："师父，那你就不怕我不好好考吗？"

空舟："不会的。你我还是了解的，虽然这事儿你不愿意做，但答应了做，就一定会做好。"

空舟又吃了一口雪糕，说话含含混混。

空舟："你这可不是什么优点。"

2

报名考试后，"人类宇宙全片区伦理学"主办方会快递给报名者一个芯片，使用该芯片接入自己的模拟舱，就可以置身考场，考试过程是面向全宇宙直播的。

在全宇宙范围内快递芯片是非常麻烦的，所以这个考试每十年才举办一次，还有很多人因为错乱的时间线不能准时入场，甚至发现自己已经成为冠军但又被首轮淘汰。

主办方出于伦理学上的考虑，坚持使用快递的方式，对于参赛选手是否在未来夺冠后重新返回赛场还能再次夺冠，他们也有自己的伦理学判定规则。

由于每十年举办一次，澈丹并不了解上一次考试的盛况，以及考试的模式。这些东西空舟当然也不会费劲告诉他。澈丹在现场走了两步，很快就明白了为什么空舟不跟他解释，为什么会有高额奖金，也明白了为什么一场伦理学从业资格考试会全宇宙直播，而且收视率绝对不会低——澈丹走进的现场是一片丛林，并且看到了不远处有一头老虎骑着一头大象，向自己跑来。

澈丹也发现了自己手上有枪，看造型，一枪打出去，老虎头应该会被打得稀烂。澈丹知道自己是通过模拟舱进入了这一环境，但他不能确定这老虎和大象是真是假，宇宙中的科技总在这些没用的事情上飞速发展。想到他们一场考试要准备十年，空舟又不知道跟人家签了什么东西，澈丹决定尽快开枪。

于是澈丹就冲着枪喊了一声："开枪。"

枪没有反应。

澈丹想，这在直播镜头里，看起来肯定非常傻。

可这就是他掌握的枪械，以及一切他不会用的东西的操作方法。

澈丹才发现，原来大象跑得这么快。

他已经能闻着不知道是大象还是老虎身上的臭味儿了。

澈丹两腿一软，盘坐在了地上，双手合十，枪放在腿上。

大象奔到澈丹身前，停下了，慢慢伏在了地上。

澈丹忽然想起在经书中读过，佛祖也曾这样制服过疯象，原来这考试也不是胡来，是根据参赛者身份制定规矩吗？

澈丹还没琢磨明白，就看见老虎从象背上跃起，朝自己扑来，澈丹本能抓起枪想挡，枪响了，老虎被打得稀烂。透过粉色血雾，澈丹看见远处的丛林里还有大象背着老虎跑，有的老虎嘴里还叼着求救的人。

澈丹爬上象背，拿着枪，心里恨着空舟，想不明白这算哪种伦理学。

3

三天后，初试通过的澈丹，从禅房里出来休息。

他浑身是伤，瘦了一圈，眼神不再像平日里那么无知，多了一分凶狠。

澈丹："师父！你出来！"

枪自然是带不出来的，伦理学考试的主办方考虑问题十分周全，知道不少选手初试之后精神会陷入极大的波动。

曹德："居然出来了？考得怎么样啊？"

澈丹："我师父呢？"

曹德："师父出去工作了。"

澈丹这回不想跟曹德争了，真希望空舟就是他师父。

澈丹："在哪儿？我要去找他。"

曹德："就在外面。"

澈丹这才发现奈何船停在了一颗星球表面，看出去有蓝天白云，美丽的大自然。澈丹不敢多看，这三天已经见识够了美丽的大自然——美丽的大自然是无情的，尤其是还要直播的那种。

澈丹气鼓鼓出了飞船，发现他们停在一户人家的后院，澈丹通过窗户看到空舟正坐在一个人的床前说着什么。

按平时，不管有多生气，在有外人，尤其还是客户在的时候，澈丹都不会跟空舟吵架，要吵也回去再吵，但今天他可受不了了。

澈丹径自开门进去，走到空舟旁边。

澈丹："师父！你知道我差点没命……"

"嘘！"

屋里有个人制止了澈丹的大喊大叫，并不是床上躺着的那个看起来重病在身的人，而是站着的一个看起来很匆忙的人。他跟床上的人长得一模一样。

站着的人："我不知道你是谁，也不要自我介绍，我还有很多事，情况我也解释清楚了，我也有完整的法律文件，空舟禅师，麻烦你了，我先走了。"

躺着的人："你路上小心。"

站着的人："这种话就不用你来嘱咐了。"

躺着的人："谢谢你一直以来……"

站着的人："用不着，这不就是我存在的目吗？"

说完，那人就出去了。

澈丹刚刚想说话，再次被空舟制止。

空舟："并不需要葬礼，就采用我说的那种，可以彻底消灭痕迹的方式就好了，对吗？"

躺着的人："麻烦空舟禅师了。"

空舟呼叫了曹德，并开始诵经。澈丹完全不了解情况，在空舟的眼神示意下，还是跟着诵了经。那躺着的人很快没了呼吸，曹德用机器处理掉了他曾经存在过的全部证据。

空舟起身，这时又从隔壁房间进来几个人，没有刚刚站着的人。这些人有老有小，还有个女的，显然是死者家属，但没有一点悲痛之情。在询问空舟是否要吃水果后，礼貌地送几人回了奈何船。

澈丹："这什么情况？"

"克隆人死了，"空舟看着澈丹身上和眼神中的变化，"也可能是主人死了，谁知道呢，他们这儿克隆技术这么发达。"

澈丹："刚刚走的那个人雇咱们来的？"

空舟："嗯，这儿法律松，很多人都拥有克隆人，本体做一部分工作，克隆体做一部分工作，收入都算给本体。大多数时候本体是什么都不做，可很快也就分不清谁是本体谁是克隆体了。”

澈丹："那个人那么忙，是出去工作？"

空舟："对啊。"

澈丹："本体都死了，他还为谁工作？"

空舟："他本来是为本体工作吗？"

澈丹陷入思考。

空舟："你看，让你好好考试，就是要思考出伦理学对这些问题的答案，快去准备吧，下一轮要开始了。"

澈丹低着头想事儿，走向禅房，被曹德推了一把，又来到了一片沙漠之中。

看着面前沙海中向自己游来的绿色鲨鱼，澈丹意识到，以前每次忍着说回去再吵的架，也都没有吵成过。

4

伦理学考试进入第三阶段，终于不用再与大自然搏斗，全宇宙范围内的人类选手，淘汰到最后只剩一百人，其中还有一个怎么看都是外星人。可他坚称自己是人类，理由在伦理学上说得通。

一百个人来到了某个大都市里，这一阶段的考试是让他们工作、生活、跟人打交道。

大家一时放松警惕，只用两天时间，就淘汰了一半人。

有人被发疯的老板砍死；有人发疯砍死老板；有人在外卖中吃到病毒……

澈丹遇到的考验也很可怕，有一个女孩子爱上了他。澈丹心中有小北，本该轻松过关，但他还是低估了人性。

那女孩对澈丹苦苦追求，通过各种技术手段发来裸照，裸照不行，又亲自到澈丹楼下大哭，并声称要自杀。

澈丹实在为她难过，就回了一句："你别伤心了，我们真的不合适，再说我是佛家弟子……"

还没说完，斜刺里冲出另一个参赛选手，要弄死澈丹，原来那女孩儿也说了喜欢他。

澈丹还没回过神，一声枪响，这选手就被那个外星人打死了——他倒不是也被女孩儿追求，而是想追求这个被他打死的男孩儿。

澈丹仓皇逃走，现场留下一出伦理悲剧。

澈丹出了禅房，发现奈何船还停在那个后院，已经过去一周了。

不光是停在后院，外面好像还有人用棍子酒瓶之类的东西攻击飞船。

空舟靠在冰箱上喝啤酒，看到澈丹出来："曹德，你给澈丹讲讲是怎么回事。"

听完曹德讲解，澈丹更糊涂了。

那天超度的那个人，名字叫 TT。超度了他，奈何船本来都走了，差一笔尾款这活儿就算完了。结果尾款迟迟收不到，一查，请空舟来的 TT 克隆人，不具备工作资格，正在接受调查，资产被冻结。

这个星球对克隆没有管制，只有一条规矩，就是本体与克隆人不可同时出现在第三个人面前。那天请了空舟来，全家人都不在，也是因为这条规矩，TT 想，请的是外星人，应该不受法律限制。

这事被告到执法机构，是由于 TT 的老婆感觉不对：这个活着的 TT，不是克隆人，而是本体。

澈丹："等等，这她有什么感觉不对的？不是更好吗？"

空舟："她已经爱上了 TT 的克隆人，跟克隆人有了感情，你想啊，一个成天赚钱养家，一个成天在家躺着，哪个更有魅力？"

澈丹回想起自己这两天在考场的遭遇，惊觉原来是疲于奔命让自己有了魅力？

澈丹："可是这个TT，那天很忙乱啊，他是本体的话，为什么还要工作？那克隆一个自己是什么目的？"

空舟："不知道。智能生物，别管是哪个星球的，都是有点贱的。"

澈丹："那TT爱工作，他老婆不是应该更爱他了吗？怎么还偏偏喜欢克隆人了……我绕糊涂了。"

空舟："智能生物最大的特点，就是有时候很不智能。"

有一个着火的瓶子砸在了奈何船外壁，飞船终于遭到了像样的攻击，警报响了一声，很快伸出水管把火浇灭了。

空舟："你伦理学考试都进入最后一轮决赛了，即使不能得到冠军，水平也是现在全人类前十的程度了，你说说，咱们现在该怎么办。"

澈丹实在说不出来。他在考试中死里逃生用的招数不是消灭对方，就是机缘巧合，凭运气消灭对方。

澈丹："我都是等待好运气来解决问题。"

忽然外面不吵了。澈丹空舟曹德莘莘都趴在窗户上往外看，只见人群散开，又朝着另一个方向聚拢。那里站着两个一模一样的女人，那女人澈丹见过，就是TT的妻子。

现在说不好哪个是TT的妻子，也说不好哪个才是TT。

澈丹又一阵头疼，竟然主动想回到考场里去。

那个模拟的世界也不比这里更荒谬。

5

十个最终进入决赛的选手来到一个搭好的影棚，有现场观众，有"人类宇宙全片区伦理学协会"巨大又十分具有艺术感的 logo，还有三位评委。

这十个进入决赛的选手将在这里决出胜负，通过考试者不光能获得从业资格，还能得到丰厚奖金。

每个人轮流走到舞台上，大屏幕上会回顾这十天来考试的内容，由评委现场解说点评，说明某选手面对某种困境做出某种选择为什么是合乎伦理学标准的。

之后舞台上会安排一个最后的困境，由现场三位评委以及全场观众共同投票，选出冠军。

在澈丹前面上场的是那个外星人，澈丹不明白他杀了人怎么还能进决赛。在播放到他杀人的那个片段时，镜头给了特写，外星人眼中含泪。评委的点评是："杀掉自己所爱的人，但流出眼泪，在伦理学上是自洽的。"

视频中还播出了澈丹那天逃走后，故事的后续发展：外星人杀掉那男的后，跪在尸体边痛哭，那个女孩儿被这场面感动，与外星人拥抱、接吻……这时弹出了广告，后面的画面就要收费了。

轮到了澈丹，画面里先是播放他杀掉老虎，后来被鲨鱼狂追，在被吞掉后，鲨鱼肚子里先被吞掉的人又想杀掉澈丹……

视频播完后，舞台突然瞬间全黑，观众们还看向这里，没有丝毫察觉，显然是主办方用了什么技术屏蔽了观众。一个评委跟澈丹说："每个选手都会疑惑，在比赛过程中死掉的动物和人究竟是模拟影像，还是真的死了。我们一早就跟公众说过，也得到了法律评估，那些当然是模拟影像。不过现实情况谁也说不好，对不对？"

灯光恢复，澈丹还在发蒙，属于澈丹的最后一道题来了。

他发现自己置身旷野，除了一条铁路，什么都没有。

评委的声音在向他说明情况："火车来到分岔路口，一边的铁轨上绑着一个人，另一边的铁轨上绑着一只猫，火车司机要决定驶向哪一边。"

"可是我没在火车上啊。"澈丹刚喊完，发现自己动不了，还看到远处的铁轨上，绑着一只小猫。

火车向自己这个方向驶来，澈丹清晰地看到开车的司机是空舟。

澈丹："这算哪门子考试啊，这是考验我的伦理学水平吗？"

澈丹喊完，发现自己当初打死老虎的那杆枪就在手边，澈丹记得它的威力，如果打向火车，火车会烟消云散。

可是开车的人确实是空舟。

火车越来越近了。

6

对奈何船的包围还没有完全解除，情况越来越乱了，在两个老婆出现后，又出现了两个孩子，两对父母，这还不是最乱的，又出现了一个 TT。这个 TT 声称他才是第一版的克隆 TT，多年来在外打工。

澈丹从禅房出来时，混乱的局面终于迎来结束——真正的本体 TT 出现了，他从另外一个星球发来了全息投影。

他本人不亲自回来的原因有两个：一是他这种星球原生居民死守"不许同时出现"的准则，他知道那样做的后果；二是他正忙着在全宇宙旅游。

他以很轻松的语气，向聚集的本地居民、执法部门以及多家媒体，用一句话就说明了他们面临的境况："这个星球上居住的，全都是克隆人。"

　　显然这一状况连执法部门的人也不知道，可其实这并不属于秘密，只是克隆人们太忙于生活，没人在乎这么无关紧要的事了。

　　该星球最早开放克隆技术，是希望用克隆的器官延缓衰老。很快目标实现后，这些健康的居民觉得，已经延缓了衰老，为什么我们要用多出来的生命去工作，那不是白延缓了吗？决定干脆让克隆人代替自己工作，本人在家休息。

　　慢慢发现，在家休息，处理家庭矛盾也很累，在家越久，矛盾还越多。于是又克隆新的人来替自己面对不同的关系。为让各方满意，克隆人的数量越来越多。有专门的丈夫，也有专门的儿子，还有专门的情人。

　　除了面对别人，面对自己也不行，一个人充分放松，什么都不用做了，就会开始思考，而思考人生意义总会得到不那么明朗的结局。于是有些克隆人被造出来专门负责思考。

　　维持如此多克隆人运转的规则只有那一条"不许同时出现"，这规矩多年来被严格执行，简单有效，一旦同时出现，就肉体消灭。不同时出现，一个人甚至被克隆个十几次都不会影响他的生活。相反，他的生活还越来越好了。

可随着时间推移，每个居民，平均都拥有上百个克隆体，你慎之又慎，也会不小心在街上撞到。而新克隆出来的人，对这个法规很麻木，所以 TT 的克隆体敢当着空舟的面同时出现，也导致了今天的混乱结局。

熟悉法规的本体们，为了安全，陆续都离开了这个星球，按时收取克隆体们工作赚的钱，也按时收取另一些克隆体的思想报告。这就是这个星球上原有居民的生活方式。

TT 的全息影像说完这些就消失了，站在原地的居民，和整个星球都陷入了沉默。空舟让曹德赶紧发动飞船离开："这里要暴动了。"

7

澈丹一言不发，疑惑地看着空舟。

空舟："恭喜啊，冠军。"

澈丹还是不说话。

空舟："别想了，你做的是对的。"

澈丹："那个不是模拟的，真的是你？"

空舟："怎么可能，我一直在这儿跟克隆人战斗。"

澈丹："那你怎么知道？"

空舟："全宇宙直播。"

当时空舟驾驶的火车越来越近，澈丹挣脱开双手，拿起了枪，可还是下不去手。

怎么办呢，这样的情景。

澈丹不知道那个人是不是真的空舟，反正这样的局面只有空舟才会处理……

对啊，只有空舟会处理。

澈丹等火车再靠近了一些，奋力举起枪，丢给了空舟。

那就交给师父处理吧。

空舟接过枪，没有一刻犹豫，先打死了远处的小猫，然后打死澈丹，接着把台上的三名评委都打死了，最后打死了自己。

等澈丹醒来，发现自己还在台上，有三名新的评委在他身边，全场观众鼓掌，把冠军奖杯颁给了他。

看来小猫、澈丹和空舟都是模拟的，可那三名评委和枪也许是真的。

澈丹没有问为什么自己会得到冠军。

评委在颁奖时说出了理由："在危急关头，选择不负责任，把困难交给比自己更强的人，让更优秀的人去处理困境，显然是最完美的伦理学。"

澈丹把奖杯给了空舟："我讨厌这个比赛，也讨厌那几个评委。师父，你做得对。"

空舟："我不要，这奖杯我早有了。"

空舟打开冰箱，拿出新的啤酒："不然那个模拟形象怎么会模拟得那么好？我二十年前就是冠军了，他们是按照我当年参赛的样子模拟的。"

澈丹："你当年的最后一道题是什么？"

"也是面对一个什么狗屁危机，忘了，我一生气就把评委打死了。"空舟喝了口啤酒，"结果收视率特别高，后来他们的比赛，都会把我打死评委的情节重演一遍，致敬经典。"

澈丹："师父，那你真的杀了他们吗？"

空舟："他们真的存在吗？"

澈丹："感觉不是模拟的啊？"

空舟："就算不是模拟的，就真的存在吗？"

奈何船缓缓升空，通过屏幕可以看到下面的星球四处起火，有很多人要死掉了。或者说，什么人都没死掉。

澈丹决定不再想了，反正自己再也不会去了。

"对了，曹德，"澈丹从口袋里拿出个什么，"冠军可以举荐一个人参加下次的比赛，我推荐了你。"

看着曹德痛苦的表情，澈丹感觉到了一点平时空舟才能感觉到的乐趣，看来这比赛对人的成长还是挺有帮助的。

澈丹："你可千万要夺冠啊，我已经填了我的银行账号。"

熊

猫

灭

绝

强迫人活着可能更加残忍。

——空舟禅师

1

荦荦最近总试图跟人交流。

澈丹小时候看百科全书上说过，恐龙脑容量那么大，智力有可能是很高的。澈丹还幻想过，在侏罗纪的大地上，恐龙们有自己的语言，会聚在一起聊天气，会表达对火山的担忧，食肉龙吃食草龙之前，会问它还有什么遗言。

荦荦不会说话，只会叫。曹德还发现它已经两次靠近飞船的通信设备，像要跟什么人联系一样。

曹德："师父，荦荦这是什么情况？"

空舟："我也是头一回养恐龙，可能是发情了。"

空舟说完，荦荦不叫了，眼神委屈地冲着空舟摇头。

荦荦很早前就学会了用一些肢体语言表达自己的感受——基本上只要摇头，它就能表达大部分心里的感受了。空舟对它做的事，实在没有一个值得点头的。

澈丹走过去摸荦荦的头："荦荦，你怎么了？"

曹德："我们这次去地球不是正好会去什么动物园吗，顺便给荦荦把绝育做了吧？"

荦荦听完跑开了——这是它掌握的第二个非常实用的肢体语言。

奈何船正在朝地球飞去。曹德不是地球来的机器人，空舟对哪里都没什么特别的感情，只有澈丹很沮丧。他一直想回地球，因为小北在地球。可最近一年，小北都在乐符星学习唱歌。人类历史上一直离不开音乐，但一直没弄明白为什么音乐好听，音乐家们哪里来的灵感，可以写出那些动人的音符。最近百年才发现，所有音乐其实都是从一个星球上来的，从来就没有音乐家这回事，乐符在宇宙中飘，像各种射线一样，撞上谁算谁。

就算它给人类带来过无法穷尽的欢乐，但它现在把小北带走了，澈丹恨乐符星，恨音乐。

我好不容易才回一次地球。澈丹想。

空舟："做完超度，回遗寺看看大方丈吗？"

澈丹："不回。"

2

地球上最后一只自然繁育的大熊猫，就要走到生命的尽头了。

按科学家推算，就在明天。

一切都准备好了，很多社会名流都发表了感想，各种族、各星球知名歌星聚在一起唱了送别的歌，以这只熊猫为形象的各种周边也卖了一轮——这熊猫叫"拜拜"。

澈丹觉得这名字起得还不错，是在这种无聊的必须两字重叠的命名规矩下，能得到的最好的名字了。

离别没有多么伤感的气氛，因为科学家们早就准备好了再造大熊猫的计划，各方领导也早就规划出了一个给人造大熊猫生活的生态园。

游客可以自由出入，与熊猫亲密接触。既然是人造的，基因编写过程中自然也将熊猫的攻击性降到了最低。

"当然还是会保留熊猫的天性，我们追求的还是自然的熊猫。"园区的发言人这样表示过。

说是熊猫的生态园，其实还是给人类建的，澈丹想。"我们"的追求，而不是熊猫的追求。

人造大熊猫的技术早已成熟，可受到多方抵制。环保主义者、科学家、伦理学家们都有各自充分的理由，但一直阻拦这件事发生的根本原因，还是利益分配的问题。

如果有了人造熊猫，原来养着天然熊猫的地方，就不值钱了；而原来养着天然熊猫的地方，都有层层叠叠的政府背景。而且要人造熊猫，还必须从天然熊猫身上取基因。生态园区已早早建好，可一只人造熊猫都没能降生。

现在，故事进入了转折点，最后一只熊猫要死了，熊猫要灭绝了。最终还是大自然的力量让谈判桌上的人们达成了妥协，保守派们估计也终于要到了合适的价码，熊猫告别仪式之后，就会立刻举办开园仪式，水到渠成。

这些复杂的事，澈丹从来想不明白，空舟的解释也很简单："不用想，复杂的事情只有一种结局，该怎么样，就怎么样。"

他们师徒也是这故事的一部分，不知道什么原因，他们被选中了来为拜拜超度，以这样的方式来替全人类和熊猫告别。

澈丹："师父，你说他们知道我们的办事风格吗？"

空舟："估计都不知道我们是谁。"

澈丹："怎么这么重要的事，会选我们来做呢？"

真实的原因是这样的：熊猫告别仪式这工作过于重要，

最顶头的领导要亲自过问，可领导要亲自过问的事情实在太多，就交给了他最信赖的人。最信赖的人去找了一个非常优秀的团队，这团队集合了公关、媒体、宗教、法律、建筑设计等各领域顶尖人才。这些人才当然也都很忙，开会就都是请助理代开，而助理们永远是疲惫的，开会这样的小事，随便找个实习生去就好了。

一群实习生聚在一起琢磨如何报销发票之余，由其中一个抽签输了的倒霉蛋负责把告别仪式的方案做出来。他在汇报方案的前一天半夜，喝完酒回到寝室，打开大二那年学长送的《银河系漫游指南》，搜索"告别仪式"，在这一词条下面发现了"超度"词条，就把里面提到的奈何船写了进去，并且在他那简陋的方案里，反复声称这是全宇宙最适合的人选。

方案层层上报，在"层层"中又耽搁了差不多半年时间，几经修改，优秀团队里的人对场地、时间、灯光、音效做出了种种修改，唯独没人管是谁来做这个仪式。

等到方案转到最顶头领导手里的时候，距离拜拜的死期仅剩三天时间。

顶头领导签了字，也没有追究什么责任，还给了最信赖的人奖金。

毕竟是领导，这样的事见太多了。

复杂的事情就是这样的，该怎么样，就怎么样。

3

地球上负责接待空舟澈丹的就是那个写方案的实习生，他如今已经转正了。

实习生："两位师父好，恭喜二位能代表人类来给熊猫……"

空舟："应该恭喜你们，能请到我们。你就告诉我们明天的流程吧。"

实习生不是很快乐地把流程讲了一遍，没敢显摆这件事是自己一手促成的。他有强烈的感觉，如果说了，可能会被面前的这个光头冷嘲热讽。

没必要给自己找不痛快，反正这生态园建好了，自己要担任要职。

奈何船停在地面上，空舟和澈丹"有幸"被安排今天去见还活着的大熊猫最后一面，这可是拼命挤出来的时间，很多很多人都等着去见拜拜。

空舟："我不想去，你自己去吧。"

澈丹："我也不太想去。"

空舟："我们多少给人家一点面子，尾款还没收。"

澈丹情绪本来就不好，又很烦这样要应酬的局面。勉勉强强准备打开舱门，却看到舱门已经开了，荦荦站在门边，有个陌生人站在自己身后，还有另一个陌生人站在空舟身后。

陌生人："不要动。"

他俩都拿着简陋的武器。

澈丹看到曹德马上就要动手了，作为一个干保镖出道的机器人，这两个陌生人可能很快就要死了。

空舟朝曹德摆了摆手，顺着空舟的目光，澈丹看到门边的荦荦在摇头。

这两人应该是荦荦放进来的，可能也是荦荦联系来的。

澈丹："荦荦，平时只有师父虐待你，你没必要连我都杀吧。"

陌生人："没人要杀你们，我们是来杀熊猫的。"

4

这两人一个叫大电，一个叫二电，是一对兄弟。

他们被全宇宙通缉，因为多年来他们致力于一件事，就是猎杀濒临灭绝的动物。

多地政府和环保组织对他们都有悬赏，他们本来有五个兄弟。

澈丹："荦荦，那我就更不明白了，这两人不得先杀你吗？"

荦荦摇了摇头。

大电二电已经放开了空舟澈丹，几人坐在模拟舱的大树下，尝试理解彼此。

大电："荦荦的血统我也弄不清楚，不知道是人造的，还是时间机器带来的，反正它不是濒临灭绝的。"

二电："它已经灭绝过了。最关键的是，人家也不想死。"

这两个人穿着野人一样的服饰，拿着兽骨做的武器，看不出是斧子还是匕首，有着跟外表不相符的"严谨"逻辑。

澈丹："你们能跟荦荦交流？"

这是句废话，不然大电二电是怎么找到这儿来的。可为了对话进行，有时必须说废话。

大电："我们能跟所有动物交流。"

二电："我们家的人，都能听懂动物说话。"

大电："我们问过所有被保护起来的要灭绝的动物，百分之八十都很想死。"

二电："他们本来就应该已经灭绝了。"

大电："尤其是拜拜。"

兄弟俩说话一人一句，节奏飞快。

他们几年前就去看过拜拜。那时它还在动物园对外展览，根据科学家推算，人们也知道了它将是最后一只熊猫。

在那被保护的、生活条件优渥的笼子里，拜拜向兄弟俩表示，自己很想死。

大电："你们可能不太懂动物。"

二电："该灭绝的时候，基因是有意识的，动物是有意识的，你还让它活着……"

"它就只有痛苦。"大电接着说完。

澈丹看向荤荤，荤荤这回点了点头。

澈丹："可是，它明天就死了啊。"

"所以更要赶在今天杀掉！"大电说话大声了起来。

二电："这事关尊严，今天是最后的机会。"

大电："还有更重要的理由，我们不想让他们复制它的基因。"

二电："人工造出的熊猫只会更痛苦，被剥夺天性，我们已经在别的星球见过人造的……"

大电："算了，那些动物你们也没听过。"

澈丹："我要没有猜错，该提取的基因早就提取了，你们杀掉拜拜，是不能阻止他们人造熊猫的。"

大电："那也要杀！"

二电："对！到时候再去把人造熊猫也杀掉！"

这兄弟俩的逻辑没什么问题，就是感觉哪里不对。澈丹现在特别能明白为什么五个兄弟就剩俩了。

澈丹："你们这么蛮干是不行的……"

大电："我们不蛮干。"

二电："我们有技巧。"

兄弟俩用极快的语速说了他们的技巧。特别简单，就是澈丹等下去见熊猫最后一面的时候，替他们把拜拜杀了。还给了澈丹一根毒针，跟斧子或者匕首一样简陋。

大电："你放心，拜拜知道是我们派你去的，不会反抗。"

澈丹："我杀了它，我就回不来了啊。"

大电："你必须去，这是我们最后的机会。"

二电："你不去，我们就杀掉你师父。"

大电二电又拿起他们的武器要靠近过来，空舟再次眼神示意曹德不要动手。

大电："为了杀掉拜拜，我们理应做出牺牲。"

二电："你被抓住也正常，我们都死了三个兄弟了。"

大电："人类做了这么多蠢事，这是要付出的代价……"

"闭嘴吧。"空舟终于说话了，"你们这个脑子，难怪能听得懂动物说话。"

大电二电没有任何不悦，还在听，以为空舟是在夸他们。

空舟："人类有智力不容易，不是这么用的。生命也不是这么牺牲的，尤其这生命又不是你们的。"

大电："我们也牺牲过啊。"

空舟："那是你们傻。"

空舟朝荤荤走过去，荤荤哼唧了两声。

大电："它说不想让你骑它。"

"但它只能心里想。"空舟骑到荤荤身上，"我们是人，解决问题，得用人类的解决办法。"

大电二电还在原地没反应过来，拿着兵器犹豫着要不要冲上来。

澈丹："快放下吧，我师父愿意帮你们杀拜拜了。"

5

空舟骑着荤荤，澈丹跟在一边，大电二电被紧急剃度后，换上了跟澈丹一样的袍子，一行人走出奈何船。那实习生看到荦荦瞪大了眼，根本没顾上问这多出来的两人是谁。

空舟好像没发现自己骑着恐龙一样，只说："带我们去跟拜拜见一面吧。"

一路上碰到的工作人员，都非常震惊，慌张地寻找着手边的通信设备。

一行人来到了拜拜的房间。拜拜看着还是很可爱，但澈丹想到大电二电的话，感觉它单纯的眼睛里其实是无奈与绝望。

大电二电跟拜拜交流了两句，拥抱了一下，把毒针交到了它手里。

大电："它很感激你们。"

二电："谢谢你们让它死得有尊严。"

大电："也让熊猫这个物种灭绝得有尊严。"

二电："可是人造熊猫怎么办，空舟师父。"

大电："你们人类的解决办法是什么？"

空舟："是他们人类的解决办法。"

空舟说完，示意澈丹打开房间的门。

门外已经站满了人，最前排的看起来是一些领导，但看穿着和种族，显然是不同组织的领导。

后排是他们各自的跟班。

再后排是就职于各自机构的科学家。

最后面是被保安拦着的媒体记者。

不用说话，澈丹也猜到了他们是来干吗的。人造恐龙，应该比人造熊猫更受欢迎吧。

澈丹看着这一排排人，感觉人其实就是这样分才对。不应该按照你的种族、星球来分，而是要按照你在人群中的位置。记者和记者是一伙儿的，科学家和科学家是一伙儿的，领导和领导是一伙儿的……这样划分，无论从人品还是思维上都更一致，虽然他们总在心里想着弄死彼此。

6

当着人群，空舟宣布拜拜马上就要走到生命尽头，决定将它带回奈何船完成超度仪式。人群漠不关心，眼睛都盯着荤荤。

然后空舟跟领导们私下谈妥条件，把荤荤的基因给了所有势力。

空舟："够他们争一段时间了。"

二电："他们真造了恐龙怎么办？"

"不会的，我给他们的基因是从你俩那个不知是斧子还是匕首上取的，那是种奇怪的动物吧？"空舟没给大电二电说话的机会，"不用细说，我也不想知道。"

大电："那他们不会人造熊猫了吗？"

空舟："原本会，现在他们没法造了。"

二电："为什么？"

空舟："这些人见了恐龙兴奋，乱糟糟就同意了我把拜拜带走。所以，到时候他们再人造熊猫，没有一个是正宗的。"

澈丹听明白了，大电二电还是盯着空舟等他说。

"你们俩这个智力以后尽量别出来行侠仗义了。"空舟看着模拟舱里已经过世的拜拜，"我们带走了最后一只熊猫，经过我们认可的才会是最正宗的人造熊猫。现在他们又要开始争谁能造出恐龙，争着争着此前关于熊猫达成的共识也会作废，你们手里的拜拜是个重要的筹码。"

大电："我们手里的？"

澈丹："我师父的意思，就是你们带好拜拜，肯定会有人来找你们谈条件的，你们也就不用担心被追杀了，心坏一点，还能赚点钱。你俩别自己谈了，雇个律师谈吧，你们也不是心坏的人。多给律师点钱。"

大电："谢谢空舟师父。"

二电："哥，他们啥意思？"

大电："我也不太明白，感觉是要谢谢人家。"

澈丹现在觉得这两个人估计身手真的不错，不然没法解释他们是怎么在宇宙中活下来的。

大电："那我们就先走了？"

空舟："等等，超度还是要做的，钱都收了。"

空舟和澈丹坐下，为拜拜做了超度。这个可爱的物种，终于灭绝了。

二人走后，空舟冲曹德说："联系下小丑，说我这儿有几根熊猫的毛，正宗的基因，他的马戏团应该终于可以有熊猫表演了。"

曹德："好的，师父。"

一旁的澈丹和莘莘摇了摇头。

又点了点头。

又摇了摇头。

坠

落

星

球

这不是故事，这是宇宙。

——空舟禅师

1

已经三天了，如今的医学水平不会出现这样的失误。

这个叫闫向峰的老头儿三天前就该过世了，澈丹也早该给他超度完回到奈何船了。

因为如今的医学水平不会出这样的失误，请澈丹来的银河制药公司地球区第六探索舰队五号巡游组的编号为8060的飞艇随队医生也不知道该怎么办。

澈丹打断闫向峰的讲述："老先生，您喝口水，我去上个厕所。"

"好好，小师父，"闫向峰精神依然矍铄，"快点回来呀，最精彩的部分马上开始了。"

闫向峰正在给澈丹回忆他的一生，三天了，刚讲到他如何成为银河制药公司地球区第六探索舰队五号巡游组1470号飞艇的探索员。确实，最精彩的部分——关于他如何被困在那未命名星球上三十六年无人知晓的故事——还没开始讲。

"医生啊，"澈丹来到医生的船舱，"要不你再给他体检一下？我看他没事儿啊！"

医生："不可能啊，我们银河制药公司用的都是我们公司自己的医疗器械，怎么会测不准？你放心，闫老先生肯定马上就会离开我们了，采访都推掉了，只有你和你师父才被允许接近他。"

澈丹："你看我师父接近他了吗？"

空舟一直在跟艇长喝酒，打听银河制药公司历史上的医疗事故，了解不合规的药物流向了哪些星球，那里应该会有不少生意。

奈何船是三天前接到的工作，8060 号飞艇邀请空舟澈丹登船，为老员工闫向峰超度，说是在带他回地球的路上发现他生命垂危。银河制药公司是个大公司，大公司对待员工是充满人性关怀的，每一个小飞艇的艇长在上任前都要经过一年左右的人性化培训——其中一堂重要的课是，在航行途中有船员要死，千万就地办理葬礼，拍摄全过程，最后有证人可以证明死因，然后将尸体火化，不要给公司造成不必要的麻烦。

闫向峰并不是 8060 号的船员，是 8060 号飞过一个无人知晓的星球时，收到了求救信号，这才接上了失踪三十六年的 1470 号船员闫向峰。信号也是从坠毁的 1470 号飞船上发出的。

"他是怎么掉在那儿的？"

空舟喝完了，问了澈丹一个问题。

澈丹："他还没说到呢。"

空舟径直走向闫向峰："就是你快死了，对吧？"

澈丹虽然被闫向峰烦了三天，但是很过意不去他被自己的师父这样问。

闫向峰倒是不怎么介意，点了点头。

空舟："你快讲吧，怕你讲不完就死了。"

"不会的，我就是等你呢。这些事儿啊，我怕小孩儿听不懂。"闫向峰说完，澈丹觉得自己的同情真是多余。

闫向峰："那我就接着讲了啊，给你们讲讲最辉煌的三十六年。"

澈丹还没意识到自己将听到的是多么悲伤的故事。

2

坠毁纯属意外。

闫向峰刚刚成为艇员。他不是个优秀的驾驶者，在为银河制药公司在宇宙范围内搜寻药物原材料的事业上，他一直没能添砖加瓦。值得一提的是，不同星球间沟通必不可少的多言草就是银河制药公司发现的，那是让201号艇永载史册的发现，它使银河制药公司即使多年没出新产品，也能在股市上实现市值连年翻倍。

1470号是艘小艇，是上三代的产品。那种艇只能搭载两个驾驶员，那天闫向峰的搭档因为帮公司试吃新药住了院，就只有闫向峰一个人飘在太空中。

太空中，闫向峰发现了那颗没有名字、没有人类探索记录的星球，决定去看看，决定试试能不能发现像多言草一样足以改变人类、公司和自己命运的药物。

然后他就坠毁了。

什么意外都没发生，他就是不擅长驾驶。

醒来后，闫向峰发现周围有很多人，但并不是人类，虽然长得很像，可比人类更高大，更漂亮。

借助多言草，闫向峰很快明白，当地有文明存在，发展程度还不是很高，大概相当于人类在二十世纪中晚期的水平，这里是一间落后的实验室。

发展程度不高的文明，就像当初发展程度还不高的人类一样，还有着好奇心。闫向峰听出来，他们打算解剖他。

这个星球的人似乎有三种性别，这在宇宙中也不奇怪。提出这建议的是个雄性，一个雌性提出了反对，那个女的名字听起来大概是YV。

"我不知道别的国家有没有得到过外星人样本，至少情报部门没有确切的消息，"YV声音冷静，"如果这是我们人类得到的第一个外星人，那他活着比死掉有更大的价值。"

闫向峰非常感激YV，这份感激之情，在日后还会起一些变化。

闫向峰："我当时特想告诉她，我活着其实也没什么价值。"

澈丹不愿意搭话。几日相处，他已经知道闫向峰有一大堆准备好了的话想说。可是不搭话闫向峰也要说。

闫向峰："我跟你们说，我以前在银河制药公司，就是一个小得不能再小的职员，我开着1470号飞艇，坠落，我的通信系统曾经自动报警，三十六年，没人找我。你说我有没有价值？"

空舟："没有。"

闫向峰还是没有感觉到冒犯，反倒是遇到了知音一样点头。

3

当地科学家们密集开会，同时也实时监测着闫向峰，把他放在了一个透明的玻璃房子里，没有给他穿任何衣服。

闫向峰尽最大努力保持礼貌，可还是没忍住排了尿。

科学家们缜密化验，还没来得及给出结论，闫向峰就尿了第二泡。科学家们再不懂科学，也能猜个大概。这里的人跟地球人构造差不多。

很快玻璃房里装了马桶，不是抽水的，闫向峰的排泄物都会被拿去化验。

闫向峰："你们能明白那种感觉吗？那种连你的屎都要给这国家最厉害的科学家亲自检验的感觉？"

澈丹："我不大想理解。"

这儿的食物跟地球上的东西也没太大不同，不大好吃，但比银河制药公司发的太空营养食品强很多。闫向峰吃了两顿，难免还是会有点水土不服，拉了几天肚子，那几天看着科学家以同样的慎重对待他的排泄物，他心中有愧疚，也有得意。

闫向峰的飞艇是 YV 负责检查的。没费什么劲，YV 就看出闫向峰，和他背后的文明，比他们先进得多。YV 提出建议，给闫向峰穿上衣服。

YV：“如果这个外星人的母星有人来找他，我们谁都不希望人类是因为偷窥他人裸体而被毁灭的吧。”

多年后，闫向峰才知道了自己得以穿上衣服的这一理由，搂着裸体的 YV，他对她说：“你多虑了。”

科学家们很快把注意力从闫向峰的排泄物转移到了他的智力上。YV 有种感觉，闫向峰能听懂他们说话。

YV 用非常科学的方法求证了一下。

YV：“你能听懂我们说话吗？”

闫向峰双手拍了两下。通过几天观察，闫向峰发现这是当地人表达“是”的身体语言。“否”要拍六下。“否”的表达是观察了一段时间才学会的，这地方的人讨论问题特别快，很少有异议，但闫向峰能听出来，不是没有异议，是没提出来。这复杂的肢体语言没被时间淘汰，“否定”的几率却被淘汰了。

YV：“为什么？”

因为多言草，可多言草马上就要失效了。闫向峰没法用拍手表达这么复杂的事，当地人的语言他还没学会，他能做的，只有表现出焦急的情绪。这份焦急 YV 读懂了。很快，玻璃房里送来了很多很多字典、书，各种各样的视频资料、音乐，当然还有一台电脑，造型有点像电话。

一天后，YV来探望闫向峰，他对她说了一句："谢谢。"用的是当地语言。

三天后，闫向峰对科学家们说："能不能，不要再住在玻璃房里？"

这是个十分合理的要求，只是一直被忽略了。

闫向峰被转移到一个正常的房子里，有客厅、有卧室、有厕所，而且马桶是冲水的。

闫向峰继续学习，YV被安排为他的老师，先教语言，再交流一些数学、物理、化学之类的知识。YV从他飞船的配备和先进程度推断，这个人一定是个科学家。闫向峰不是科学家，他只是一个银河制药公司的普通员工，按照员工手册为公司创造利益，他的工作既不需要创造性，也不需要懂数学和物理，只需要每天按时汇报，领取新的任务。

员工手册上把不按时汇报的后果写得极其严重，会开除，罚款，承担法律责任。闫向峰自从坠毁后就没联系过公司了，他也不知道这些可怕的惩罚都发生了没有。

闫向峰："我前两天问了问，档案里都查不到我了，什么惩罚都没有。倒是还能查到1470号飞艇，那是公司财产，我是公司前财产。"

澈丹："那他们怎么还愿意雇我们替你做超度？"

闫向峰："我在闫向峰星待了三十六年，好歹也发现了一些对公司有用的东西，值钱的。"

为了纪念闫向峰，更为了让银河制药公司看起来充满人性，与探索宇宙不畏牺牲的壮丽感，那颗星球被命名为"闫向峰星"。银河制药公司买通个行星的名字还是不费什么劲的。

闫向峰的故事还没有传遍宇宙，也没有媒体来采访闫向峰，是因为银河制药公司的公关部门策划了周密的传播规划，启动节点是闫向峰死后，据说这样风险最低，传播最快。

当然，对外给出的理由是："最后的日子，这位为了人类的探索事业，为了银河制药公司奉献一生的老人，应该平静地离开。"

4

人类虽然一无是处，可学习能力还是很强的。一年时间，闫向峰就能熟练跟当地人交流，基本了解了他所在世界的情况，而多言草早就失效了。

这一年闫向峰都住在那个基地里，他的存在是该国最大的机密。以前这个国家也发现过一些陨石、奇怪的金属，其至还拍到过一个佛头样子的飞船照片，但这些跟闫向峰比起来，都是垃圾。

闫向峰的身份也在转变，从最开始被研究的外星人，慢慢变成了一个有很多知识的外星学者。

差不多一年半的时候，YV告诉闫向峰："不知道你们那个叫地球的地方是什么规矩，我们一个国家最大的老板、领导，我们称为总统。明天，我们总统要来看你。"

总统早就知道了闫向峰的存在，也早就想来看看这个外星人，可是现实世界的战争、选举，显然比满足好奇心更重要。另一方面，科学家们也不敢冒"外星人突然攻击总统，导致世界大乱"的风险。

如今时机成熟，会谈气氛融洽，闫向峰太知道该怎么跟领导说话了，他在地球上遇到的人，多数都是他的领导。

总统也给予了闫向峰足够的尊重。

闫向峰："他居然向我请教我们地球的政治制度。"

澈丹："你怎么说的？"

闫向峰："没说太多，就算不在地球上，也觉得不该多谈政治。"

空舟："澈丹，你要多跟他学学。"

闫向峰只是说了地球上不同国家有不同的制度，各有优点。总统拍了两下手：“我们的情况也差不多。”

总统走后闫向峰又在基地生活了四年，这期间他不断学习，也给大家分享一些高明的知识，比如教会大家打篮球。

这四年里，总统又来过几次，跟闫向峰聊过很多。

澈丹：“都聊什么？你也给人家讲你从小到大的事了？”

闫向峰：“怎么可能，我在闫向峰星上的身份，是全人类联合政府事务长，及地球第一探索舰队舰长。”

澈丹刚想说你怎么撒这样的谎，就看到空舟在旁点头，确实，他这样说再正常不过。

闫向峰也是在这四年里跟 YV 走到一起去的，两人如何相处，有没有孩子，这些问题闫向峰罕见地没有炫耀，澈丹也不再问。从闫向峰的讲述中，澈丹能听出他还爱着那个外星雌性。

转变发生在第四年，闫向峰的存在，被全世界知道了。

5

总统要竞选，在即将失败的最后关头，公布了闫向峰的存在，并称闫向峰带来了外星极先进的科技和制度，而自己是他唯一愿意交流的对象。

总统："我不是为了自己当这个总统，我是为了我们全人类的利益。"

这些话不论真假，闫向峰都能理解他为什么要说，但不明白的是，总统为什么这么自信，认为自己会顺着他的口风来。

YV解答了这个问题："总统答应了我们，竞选成功，我会成为国防部部长。"

闫向峰："好。"

YV："那样我就能调动更多资源来做科学研究。"

闫向峰："你不用说这些，只要你喜欢，我就听你的。"

很快，在总统跟YV的策划下，一个专业团队贴身跟着闫向峰。这个团队负责为闫向峰打造形象，安排他的出行，还有专门的科学家和科幻作家提供需要闫向峰分享的知识，当然也有一些总统的心腹转述执政意图，让闫向峰说出来。

那些意图倒没什么难理解的，闫向峰再熟悉不过，地球上那些独裁者，还有银河制药公司的老板们都是一样的意图。

只是那些科学家和科幻作家的出现，让闫向峰感到了一点难过，那种难过是在地球上非常熟悉、这四年从未出现的难过——被人轻视，被人不信任，被人交给比自己更聪明的人。

闫向峰："YV，我可以说得很好的，我是地球第一舰队……"

"好啦，"马上要升任国防部部长的 YV 十分忙碌，"我都知道，安排他们是给你省劲儿嘛，再说这些也不重要，千万把总统想做的那些事说清楚就好啦。"

闫向峰说得十分清楚。

此后的三十年，像梦一样。

闫向峰的出现改变了很多人的世界观和宗教信仰，这颗星球上的所有人、所有组织机构，在最初的十年陷入了混乱，重新调整。发生了很多战争和集体自杀事件，世界推倒重来，被丢进了麻将机里，寻找新的秩序。

在那十年，虽然稿子和出现时机都是别人安排好的，但闫向峰感受到了权力的快感，他每次只要说一些话，教给民众一些打篮球之类的新鲜知识，就能获得极可观的支持，很多人为了闫向峰随时准备献上生命。

在这样的情况下，不光是总统统治的这个国家，其他国家也没什么人反对他的统治了。闫向峰得到了超然的尊贵地位，YV 得到的职务比国防部部长更高一些，是全新命名的，而总统当上了"元首"——这是闫向峰送的名字。

这两个字的汉字原文还由闫向峰亲手写下，做成了巨大的雕塑。

闫向峰依然深爱着 YV，但权力带来的快乐远远大于爱情，再说权力也会带来新的爱情。YV 也从来不过问，闫向峰则无力去想 YV 和元首是否有着超越革命友谊的其他感情。

在这稳定又动荡的十几年中，闫向峰游历了整个世界，享受了这世界能提供的所有享受。闫向峰想到自己在 1470 号飞艇中无聊时，还担忧过，像银河制药公司老板那么有权势的人，是否会感到空虚——有权势的人根本没空空虚。

光荣时代的尾声，是元首患上了绝症。当时的科技还不能治愈，闫向峰曾短暂地想过要是银河制药公司在就好了。他很快打消了这个念头，元首的生命也实在没什么值得挽救的。

早有元首的手下找到 YV，打算发起政变，自然，这需要闫向峰的支持。闫向峰根本无所谓，只要他还能继续享受就行。

他和 YV 默许了那手下对元首的颠覆。

形势急转直下，新元首上台后，突然出现不少人认为一个外星人对人类政治的干预过多，这一主张很快得到了人民的支持。新元首很为难地找到 YV 和闫向峰，问该怎么办。

闫向峰再傻，也看出来是怎么回事了，博弈的结果是，闫向峰可以不死，但要藏起来。

基地早就为闫向峰改建了，还有一个"闫向峰博物馆"，里面记录着多年来人民对闫向峰的种种感谢，以及他带给人类的各种技术、知识。其中最重要的展品，就是他坠毁的1470 号飞艇。

他住在了基地里，有大量用人，依然是超然地位的待遇。又过了几年，YV 也躲到了基地里，她的权力也终于不保。

两人一起在基地生活。闫向峰遣散了一些用人，他亲自给 YV 做饭，就像他们刚在一起时那样。他甚至开始认真学习物理，试图有更多共同话题，可惜 YV 不怎么爱聊科学了。

他还给 YV 讲了很多他在地球的真实经历，他的真实身份。YV 没有太大反应，像是早就知道一样。她总是在焦躁地打着电话，经常半夜会见一些来了又走的人。YV 依然高大、美丽，这里的人种比地球人寿命长，衰老也不易察觉，可年老的闫向峰觉得，她更像人类了。

机会很快又来到眼前，在第三十六年，某次会客后，YV 激动地要求闫向峰对全体居民发表一次演讲，并问他除了篮球、乒乓球等各种体育运动、一些中餐做法、折纸飞机之外，还有没有能激发民众热情的新的把戏。

YV："你好好想想，这回只要讲得好，咱们就又能像以前一样了。"

闫向峰拍了六次掌，没有多说话。

他提出在演讲之前，想去他自己的博物馆静静，找找灵感。

闫向峰几乎把所有秘密都告诉了 YV，但从没提起过，1470 号的通信系统其实一直没坏。

空舟："你是个合格的地球人。"

空舟又对澈丹说："记得提醒那个喝多的艇长，银河制药公司飞船的通信系统这么可靠，也是公关宣传的一个传播点。"

澈丹："师父，你怎么还替他们着想？"

空舟："我们可是超度了闫向峰老先生的人，我们两个的名字也在报道里。"

闫向峰凭借记忆发出了求救信号。感谢银河制药公司的懒惰，员工手册从未更新，8060 号发现了他，接走了他，现在，准备超度了他。

6

说完这一切，闫向峰又拍了六次手掌，眼神安定下来。

闫向峰："我这一生精彩吧？"

澈丹："精彩。"

闫向峰："该体验的都体验了吧？"

澈丹："体验了。"

"死而无憾。"闫向峰躺平了，"可就是得走出来，说出来，不能死在那里，不然白经历了对吧？"

澈丹："对。"

那YV呢？告别了吗？遗憾吗？还有爱吗？

澈丹没问，他猜闫向峰也没有答案。

没有新的医学奇迹，闫向峰死在了银河制药公司的8060号上，骨灰由该公司自己的博物馆珍藏、展览。澈丹想，那星球上的，他的博物馆，也未必会被拆毁。他虽然走了，可对YV和那些潜在的元首们来说，还是有不可取代的价值。

一个人，发现、改变了一个星球，这是故事的一个版本。

一个人，被一个星球发现、改变，这是故事的另一个版本。

澈丹："师父，闫向峰身上发生的是哪个？"

空舟："哪个都不是，闫向峰跟闫向峰星都没变过。发生在他身上的不是故事，是宇宙。"

死

不

相

逢

不要因为忌妒，就折腾别人。

——空舟禅师

1

人人都知道自己会死，但没有多少人能真的面对。也许有时你会想想自己死了会是怎么样，会想葬礼上有谁，来世去哪儿，做鸟做虫，或是不幸再次做人。可你只是想想，及时给自己立好遗嘱的人不多，就更别提能妥善安排遗体如何告别的了。

"所以从生意的角度来说，发广告、等客户非常被动。"空舟很满意最近从 UP 星收来的角杯，正拿在手里把玩，还没决定好喝哪种酒。

UP 星不产酒杯，那里有种类似牛的生物，犄角中空且没有尖，非常平整，锯下来就能做很好的酒杯。在跟全宇宙慕名而来的酒鬼打交道的过程中，这些牛已经学会了如何把自己的犄角卖出一个好价钱，可依然供不应求，所以他们有时也去别的星球，用别的偶蹄类生物的犄角作假。人实在没有资格要求动物永远纯真善良。

但空舟知道他手里这个是真的，因为是他亲手锯下来的。被锯的牛非常配合，反复恳请空舟千万别把它作假的事说出去。动物一旦不纯真善良了，弱点自然也就不比人少了。

空舟接着给澈丹讲奈何船的超度生意该如何推广："你要认识这么一个人，他总能第一时间知道谁要死。统计局的、医院的、做运动数据监测的，不管他是怎么知道的，这个人都是我们的重要合作伙伴，也不管他本人多讨厌。"

澈丹此刻拿着条项链坐在地上，不接师父的话。

空舟："我知道蒋先生这个人有时做事欠考虑……"

"欠考虑？！"澈丹站了起来，"师父，我知道你爱钱，我也爱钱，可咱不能因为钱忘了自己是谁吧，这个蒋先生做的这叫什么事！"

空舟："你能不能先让他下来？"

"对对对，我先下来，下来赔不是，我一把年纪了丹哥。"蒋先生在高处哀求。"高处"具体是指荤荤的嘴里，挂在下牙上。

荤荤也十分不高兴，叼着蒋先生站在澈丹身后跟空舟虚虚对峙着。曹德一如既往站在空舟身边，等着空舟一下命令就上去救人。

空舟终于决定好了喝什么酒，招呼曹德给自己倒了一杯绿碳熊精酿。

空舟："他怎么得罪你了？"

澈丹："我不是说了吗，不是我，是莘莘。他到船上鬼鬼祟祟，想偷莘莘的项链！"

"不是偷不是偷，我就是看看啊，恐龙戴项链谁见着不想看看啊。"蒋先生叫苦。

澈丹："看你不直说，趁我俩睡着了看？"

蒋先生："我不是怕吵醒你们吗，再说曹德大哥也看见了，也没说，咱都见那么多回了……"

澈丹："他不说就……"

空舟："行了，项链是小北送莘莘的那条个？"

澈丹没说话。

空舟："不要因为忌妒，就折腾别人。你气也出了，让他下来吧。"

澈丹："我不是忌妒！就是他鬼鬼祟祟，是个小人，我们不应该跟这种人来往。"

"我们不应该跟任何人来往，除了死人。"空舟喝了口酒，"可惜一个死人总要牵扯出很多活人。"

蒋先生："空舟大师，再不放我下来，我就也是死人喽，我还带了生意来的嘛，说完生意再算账嘛，你说好不？"

荦荦放了人，看澂丹，澂丹把项链给它戴上，它才愉快地跑开了。

蒋先生："大师啊，这回是个好活儿，要死的这人儿子们可有钱啊。"

空舟："你说话是太难听了。"

2

"盘古号"兴建时，谣言四起，说地球要毁灭，上不了这船就要一起完蛋。结果有钱的出钱，有关系的找关系，都想上"盘古号"。可真有钱的知道这跟地球毁灭没关系，就是地球人太多了，又都没事干。人人都说爱躺着，可其实接受不了没事干。有福的人不多，所以要造一个太空站。这就给了老欧上船的机会，他是"盘古号"的建造者之一，具体的职务叫"舰体外壁清洁状况检查员"，工作是每天早上七点起来给负责外壁清洁状况检查的机器人检查一下。

靠着工会争取到的福利，老欧和家人搬到了"盘古号"上。这福利并不是为老欧这种工人争取的，只是有人想要这些福利和一些更大的东西，说成是为了老欧这种人要的，就能要来。真要来了，自然也要多少分他们一点。当然老欧还是很感激的，老欧这种人的特点就是没事的时候爱抱怨，需要感激的时候，也总知道感激。

老欧有三个儿子，大欧二欧三欧。三个儿子不错，都很有出息。对外宣称是通过读书努力奋斗，改变了阶层，实现了飞跃，其实大家心知肚明，都是运气，跟他们的爸爸是一回事，还是因为有些上面的，某些人、某些力量，想要某种东西，改变了某些规则，他们才抓住缝隙挤了过来。跟老欧比，他们心里就不会有那么多感激了，他们知道以自己的努力程度，应该得到更多。

三个儿子在家里接待了空舟师徒，都不怎么说话，三人各自的妻子也不怎么说话。老欧病重一年，以三个儿子的财力，也救不回来了。有些事，是奋斗和运气都解决不了的。

大欧："按医生诊断，应该很快就要做法事了，赶紧请了两位师父来。"

澈丹："医生诊断，老先生还有多少时日？"

三兄弟面色为难，三欧绷不住了："按医生说啊，上上个月我爸就该走了。"

澈丹心想，这是好事啊。没说出来。

超度法事做多了，澈丹对亲情也有了不同理解。他亲眼见过为了遗产盼父亲早死的，人家甚至都没采用委婉的说法。可今天这情况不一样啊。

空舟："那好，那我们见见老先生吧，听听本人意愿。"

二欧："这是规矩吗？"

空舟："不是，就是这回想看看。"

二欧和空舟对视了一眼，转身领着师徒二人上楼了。

三兄弟都上了楼。

床上躺着老欧，有人照顾，老欧看着窗外的显示屏，里面是今天安排的风景。在"盘古号"上，能看到什么风景，取决于你有多少钱。其实在地球上也一样，只不过"盘古号"把这事儿弄得更坦然了。

大欧："爸，跟您说过的空舟禅师到了。"

老欧："嗯。"

二欧："爸你别多心。"

老欧："我还有什么好多心的，我哪有心？别忙了，我死不了，我死不瞑目！"

三欧："咋又说这话。"

老欧："咋？老三，爸是不是最疼你？"

大欧二欧叹口气，老欧这套拉拢一个打击两个的伎俩他们都看多了。

三欧："是，爸，可是……"

老欧："爸是不是就这一个愿望？"

三欧："是，爸，可……"

老欧："你们有钱了，爸临死求你们这一件事儿这么难？"

三欧："可是我妈也疼我呀！"

三欧说完，老欧叹气，没人说话了。

澈丹想问他们妈妈哪儿去了，想想不敢问了，估计不会有好答案。

大欧："我妈过世几年了。"

大欧说这话没看澈丹，也没看空舟，看着床上的父亲。

老欧："你别这么提，提你妈，我跟你妈在一块儿的时候还没你们呢！"

澈丹想，这老先生说得倒在理。

老欧："我跟你们妈妈有感情，很深！养了你们三个，这事儿跟她没关系，谁也不能说我不忠不义，可是我……"

老欧说到激动处，被自己的唾沫噎了一口，大欧趁机插话：

"爸你注意身体，你说的那个事儿，主要考虑到你现在的身体，还有人家的情况，都是麻烦。"

老欧把唾沫咽下去了。

老欧："什么麻烦？我身体没问题，我都要死的人了，在乎什么身体？我早打听好了，有那种回光返照的药，吃了保证死前几天好人一样。还有人家的情况，你们认识朵尔戈吗？你们不认识啊，朵尔戈什么性格我知道！"

原来是有个女人，澈丹听明白了。

也不用原来了，这早该听出来了，澈丹又想。

澈丹和空舟还是没问，大欧又主动说了，还是看着他爸的方向。

"爸，你看，你一辈子都没跟我们提过这个人，跟我妈提没提过我们也不知道。现在忽然说要见她，这个事情太大了，况且她在哪儿我们也不知道。"

"在地球！"澈丹从老欧的脸上，看到了年轻人的愚蠢和坚持，"你妈妈知道，但是她活着的时候我不可能去见朵尔戈，现在不光她死了，我也要死了。"

澈丹很能理解老欧的心，也不觉得这是多大的事，可自己只是被请来做法事的，没资格说什么。澈丹看向空舟，空舟坐在沙发上没有表情，估计在想自己的新酒杯。

看澈丹看自己，空舟说话了。

"我看欧先生身体健康，我们在这里实属不敬，就先告辞了。"

说完转身下楼，三个兄弟也追下来。

大欧："禅师，我这么说，你别说我不孝顺，按医生说，我爸没几天了。"

二欧："他能没事儿我们当然高兴，可是也得做好准备，这都两个月了，再医学奇迹也差不多了，就怕到时来不及。"

三欧："禅师，要是耽误了你的生意，我们把损失补给你。"

空舟："那行。"

这个老三，确实值得父亲格外疼爱。

3

空舟师徒回了奈何船，悬停在"盘古号"附近，等着。

澈丹知道这么说不太好，可就是在等着老欧的死讯。

"盘古号"作为人类最大的空间站，每秒都有大量飞船出入，外层悬停着很多奈何船这样因事一时不能离开的飞船。

空间站没有地球大，但人口已经远超过地球了。空舟跟澈丹说过，空间站跟地球的区别是，没有一处没用的地方，可它本身到底有没有用，就是另一个话题了。

澈丹："师父，那三个儿子为什么不让老欧去看那个朵尔戈一眼？"

空舟看着澉丹，看着看着澉丹就不想问了。

澉丹："那我们拿他怎么办？"

蒋先生这回不在荦荦嘴里了，被曹德押着，正在讪笑。

蒋先生："那三个儿子可有钱呀。"

空舟："有钱行，可是你给我添了麻烦。"

蒋先生："就是多等两天嘛。"

空舟："你让我出现在了人家的家事里。我们佛门中人，裹到俗世里，有违佛祖教诲，这回的佣金不能给你了。"

蒋先生看看曹德，看看恨恨的荦荦，赶紧说："好好，本来也没打算要嘛，多少年的朋友了，以后再合作嘛对不对。"

曹德放走了蒋先生。澉丹想，师父真是啥都说得出来。

澉丹："那我们就这么等着啊？"

空舟："有人给钱，就等着。"

澉丹："我觉得应该带老欧去看一眼朵尔戈。"

空舟："对老欧来说未必是好事。"

澉丹："可那是他的临终愿望啊。"

空舟："你多管闲事，对我们也未必是好事。你看到他们三兄弟多有钱了吗？有钱人做的决定都是对的。"

澉丹："我要是临死前就想看一眼小北，我就希望有人能带我去。"

空舟："那是你自己的事，不要管别人。"

澈丹设身处地，想到自己死时可能也是这样，就想看一眼小北都不行，真是太难过了。为自己难过着，就也为老欧难过了。

"再说你怎么带老欧走？三兄弟不可能让你带，都在那儿看着。除非有人进去装作老欧，赢得时间。"空舟说着往外走，"好久没回'盘古号'了，我去喝酒了。"

4

澈丹和曹德掰扯了半天，曹德才相信空舟确实是批准了澈丹带老欧走，并且让曹德做帮手，冒充老欧。空舟临走一番话曹德也都听见了，可就是没明白，急得荤荤都嗷嗷吼，机器人到底是机器人。

澈丹顺利带出了老欧，家里都没见三兄弟的身影。

老欧很感激，一路上给澈丹讲述自己年轻时如何追求朵尔戈，如何若即若离，如何因为宇宙的关系分道扬镳。

澈丹难免又想到了自己和小北的未来，觉得老欧如今的结局实在不是什么好启示。

澈丹："那您结婚之后，还在想朵尔戈吗？"

老欧："偶尔吧，有那么几年很想，有那么几年，彻底忘了。人老了很奇怪，很多事都不像是本人经历的了，我是听到死讯那一刻，突然又想起了她。"

澈丹："会忘掉啊？"

老欧显然没听明白澈丹的意思，全身心投入到了回忆里。

澈丹看着老欧，看到前面那个蓝色的、带给自己无数烦恼的星球，担忧自己几十年后，会有同样一幕。

到了地球，老欧很熟练地找到了朵尔戈的家。

澈丹："您一直记得啊？"

老欧："没，来之前花钱查的。"

老欧站在朵尔戈的门前，回光返照药在发挥药效，老欧站得笔直，可犹豫不决。真到了自己死前想见之人的门口，年轻人的坚决和愚蠢消失了，老年人的顾虑重新占了上风。

门开了，一个老太太牵着狗出来，从老欧的眼神看得出，这就是朵尔戈。

朵尔戈："啊，吓我一跳，谁啊！"

老欧："我是欧泉。"

朵尔戈："哦哦，你好。"

朵尔戈回身锁门，澈丹看出她牵的是条机器狗，这是十几年前流行的了，没想到真有人能养下来。

朵尔戈："你找谁？"

老欧："朵尔戈，你不记得我了吗？"

朵尔戈："不好意思啊，我今天很忙，你有事要不我把律师联系方式给你。"

朵尔戈的表情没什么变化，牵着狗要走，澈丹怀疑她已经想起来了，不然没必要急着走。老欧站在原地，不能动弹，看着朵尔戈迈步离开。

"朵尔戈！"澈丹喊道，"老欧要死了！"

朵尔戈："那……千万要好好就医啊。"

5

老欧上了奈何船，一言不发。

老欧回了"盘古号"，一言不发。

老欧见了焦急等待的三个儿子，一言不发。

澈丹看见空舟，想起师父说过这对老欧未必是好事儿，也说不出话来。

大欧："爸……"

老欧："别说了，赶紧准备后事吧，药效要过了。"

大家在沉默的氛围中把后事准备好了。本来就准备好了。

因为老欧这样的遭遇，澈丹觉得对不起师父，更对不起欧家的三兄弟，回了奈何船就在火山下溜达，低头想事，也说不出话来。

空舟："不用去了。"

澈丹："不用去什么？"

空舟："不用去跟欧家兄弟道歉了，那天晚上我就是跟他们一起喝的酒，领走老欧，不是你一个人的事。"

三兄弟到底还是让了步。

澈丹："老欧现在怎么样了？"

空舟："也奇怪，一直没传来死讯。"

这事也不能问。

又过了两天，欧家兄弟请空舟师徒过去，澈丹以为终于要把这次曲折的超度做了，结果是老欧出来迎接的他们，比去地球时还健康。

老欧："谢谢你啊，小师父。"

大欧："医生查了，我爸的病好了。"

澈丹一蒙："太好了！可是谢我干什么？"

老欧："我就是见了朵尔戈，太来气了，我不能死！我得让她死在我前头！从今天起，我就好好看看，我看看她哪天死！"

也就是说，从今天起，老欧要公开观察朵尔戈的一举一动了，还有了正当的动机——是因为仇恨。可仇恨又是因为什么呢，说不准哪天，可能又会重新追求一次吧。

无论如何，都是好事，澈丹想到这儿，觉得很欣慰。

"这么说来，是我徒弟救了欧老先生一命？"空舟看着大欧，慢慢说。

大欧："是是，禅师放心，救命之恩，这钱给多少都不多！"

空舟："阿弥陀佛。"

澈丹更加欣慰，这样一来，就连师父都对得起了。

看着老欧愤怒却充满活力的脸，澈丹决定，不管几十年后自己会不会是这样的结局，现在还是该怎么样就怎么样。

以后的事儿，谁说得准？说准了，也没用。

月

球

居

民

活在这个宇宙里，怎么还要问这些真假的问题。——空舟禅师

1

澈丹总梦到一条鱼。

品种没见过，见过估计也叫不出名字来。虽然看过很多自然纪录片，看过也白看。

长得像鲸鱼，比鲸鱼小，通体天蓝色，在水里游着，告诉澈丹它在月球，它要死了。

澈丹经常做怪梦，没当回事。梦到第三回忍不住了，问了那鱼，你叫什么？

鱼："在我们的年代没有名字。"

澈丹："你在什么年代？"

鱼："就是现在，我要死了。"

第五回梦到的时候，澈丹觉得就算要被嘲笑，也要去跟师父讲一声了。

空舟听完，问："月球上有鱼吗？"

澈丹："没有。"

空舟："你觉得我刚那个问题蠢不蠢？"

澈丹："蠢。"

空舟："我蠢还是你蠢？"

"我蠢。"梦到次数太多，那蓝色的鱼就住进了澈丹的脑海，"可是师父，你也常说，宇宙中的事，没有道理对不对？咱们就去趟月球看看吧，就当为了我的睡眠。"

空舟："月球是什么地方你也知道吧？"

澈丹："知道。"

空舟："你说怎么去？"

澈丹："更危险的地方我们也去过呀。"

2

月球是一个无主权采矿区，传说这里能挖出一种类似牛奶和蜜的东西，吃了身心舒畅能看到极乐世界，拿来泡澡可以延长寿命，跟尸体一起火化可保轮回转世还能做人。

澈丹一直没明白为什么大家那么喜欢延长寿命，更不懂他们怎么就那么爱做人。

但这里确实集中了很多热爱生命的狂热分子，他们来自宇宙各个角落，算得上是全宇宙最积极向上的一群人。他们在月球划定地盘，疯狂开采，常常冲突。

也因为这个，没那么热爱生命的人，很少到月球来。如果被视为也来抢夺矿藏的，会有生命危险。这里因此也就没有主权归属。

奈何船如今就悬停在一处矿区的上方，下面的人拿着铁锨辛勤劳作着，这样的工作场面全宇宙都不多见了。这样做的理由是，据说用机器挖出来的话，会失效。看着那些人在失重条件下缓慢的动作，再想想他们内心的焦躁，澈丹觉得这是一个非常恶意的玩笑，有人在考验这些人到底有多爱活着。

空舟："行了，到了，你下去问问谁见过鱼吧。"

澈丹："师父，你别难为我，咱们就在这儿停一晚好不好？我如果再梦到它，就问它一回，没梦到咱们就走，反正最近也没别的生意。"

空舟没理澈丹，到庭院里喝茶去了，他最近声称要健康生活。

澈丹躺到床上，怎么也睡不着了。

那些挖矿的，给他带来了不少思考，就是澈丹最不愿意有的，好不容易摆脱了的那些思考，可他还是不得不思考，为什么那么爱活着呢？

鱼："这都怪我。"

澈丹："来了啊，你真的在月球吗？"

鱼："是我们让这些人来的。"

澈丹："你到底还需不需要超度服务？"

鱼："你睁眼吧。"

澈丹睁眼，还是在自己的床上，并没看到期待中的鱼。

澈丹坐起来，感到奈何船里光影古怪，就走出卧室去看是不是空舟又在鼓捣模拟舱的设置。

空舟正在舷窗边，背对着澈丹。

空舟："希望你的鱼朋友能尽快出现。"

澈丹看到，奈何船沉在海底，窗外一片蓝色，偶尔有他梦中那样的鱼游过。

3

看自然纪录片，动物的名字没记住几个，月球的来历澈丹倒是记住了。

几种说法在最开始还有很大争论，后来人类忙着征服宇宙，就没人再争了。最后的共识是：好多好多亿年前，一个大型小行星撞击了地球，撞飞了一大块，这些物质飘到宇宙中又被地球的引力抓住，转啊转，转圆了，就成了月球。

再后来，过了很久，人类登上了月球，又插旗又迈步。那之后又过了很久，人类才又去了那里，因为人类发现这地方真是只适合远看。在月球的表面，所有关于月亮的浪漫诗句你一句都想不起来。

不知道什么时候、哪个人，传出了那个矿藏的消息，月球才算繁荣起来。

不过这里始终是文明之外的地方，虽然它对地球文明影响那么大——在"盘古号"上，至今还有好多人造月亮在售卖。

可能这就是问题的关键，我们爱的是月亮，不是月球。澈丹想。

越是爱月亮，就越没法接受月球。嘴上不说，可谁都不愿意去那儿生活，除了那些特别有目标，特别知道人生该往哪里走的人。

在所有这些真假消息里，在所有人的记忆里，在各种陈旧数据库中，都没人听说过月球有海，更没人听说过有鱼。

现在，那条澈丹梦中的鱼终于来到了奈何船里，周身有海水环抱，就那么浮在空中，没弄湿任何仪器，曹德赶紧确认了这不是模拟舱的效果。

宇宙中的事，见多了，就都不奇怪了。

鱼："谢谢你们能来，我还以为空舟师父不会愿意呢。"

空舟没说话，澈丹看着它很有好感，尤其是那海水魔幻的效果，让他不自觉亲近，澈丹好久没见过海了。

澈丹："我师父是不想来的，我坚持才来的。"

鱼："是啊，他在梦中就表达得很清楚了。"

澈丹："啊？师父，你也梦到它了吗？"

鱼："你们船上的，我都托了梦，恐龙和那个机器人也梦到我了，只是他们的梦太乱了，可能没注意到我。特别是你师父，我这辈子见过不少可怕的东西，但他的梦境真是……"

空舟："行了，听说你要死了，还有多久？我好准备一下。"

鱼："随时。"

4

鱼向澈丹讲了月球的真正来历，跟小行星没有关系。

这鱼的种群，是地球上最早的生物。就在好多好多亿年前，它们诞生在了地球上，一诞生，它们就具有很高的智力。

澈丹："你说的智力，包括这种吗？"

澈丹指着那团凝聚又流动的海水。

鱼："是。按你们的理解，可以叫魔法，我们天生就会。"

这种魔法很强，甚至可以预知一部分未来，不会那么具体，但会有一个感觉，在好多好多亿年前的某一天，鱼们都有了一个强烈的感觉：地球在未来会变得很恶心，那上面会布满很多令人恶心的生物，他们会带来很多可怕的灾难。

鱼："你们别介意，只是模糊的感觉，我们感觉到的也不一定就是人类，是恐龙也说不定。"

鱼忽然看到荤荤，意识到这么说也还是会得罪这飞船里的人，而且机器人也说不得。这飞船古怪的程度跟它生活的地方也差不多。

空舟："没事，这里没人喜欢人类。"

鱼们尤其不喜欢，它们决定离开地球。那对它们来说是很容易的事，它们利用魔法，带着一部分地球离开了地球，其中当然包括海水。

鱼："我们也不想去别的星球，如果这么说对你们能有所安慰的话，我们也感觉到整个宇宙都会越变越恶心。"

它们就自己造了月球，岩石和土包裹在外面，里面都是海水。

澈丹："那这里这么多人挖矿，不会发现你们吗？"

鱼："这些人都是我们骗来保护我们的。"

鱼们的生活，只有精神生活，它们泡在海里，随波漂动，眼睛都很少睁开。它们沉浸在意识里，由于它们的天赋能力，意识可以做很多事，比如遨游宇宙，喝酒跳舞，给人托梦。鱼们对宇宙的理解也深刻又混乱，第一准则是：不能被外人发现它们的存在。好多好多亿年置身事外的观察让它们知道，当初的感觉是对的，这宇宙确实越来越恶心。它们放出传言，招来了这些人挖矿，这样就很少再会有高智力的生物来探查这里了。

鱼："全宇宙都存在一个同样的现象，就是这些热爱生命的人也许很聪明，但被狂热的欲望遮蔽，他们不再有思考其他事的能力，所以他们发现不了我们。"

澈丹："那他们挖走的是什么呢？"

鱼沉默了一会儿没说话，奈何船里升起尴尬的氛围。

鱼："我们毕竟也是生物，不是纯粹的意识。生物嘛，就要吃喝拉撒，进食的话，喝点海水，用意识在别处吃都可以，可就是这个排泄，总要排到海里，我们又是个封闭空间，大家又都爱干净，这个……"

澈丹对那些人的同情更深了。

鱼们也并非长生不死，从离开地球到现在，好多好多亿年过去了，鱼们经历了无数代，种群倒一直没扩大，就那么几千条，游来游去，交配也全在意识中完成。

澈丹："那你其实是寿终正寝对吧？"

鱼："是。可生命和时间的概念，在我们这里不太一样，我感觉得到我曾经死过，自然我也曾经活过，我也能感觉到我还会活着。"

"能听懂，我们毕竟是学佛的，"空舟看着鱼，"你说不能被外人发现，怎么敢把我们弄进来？"

鱼："一来，我观察你们已经好多年了，你们，特别是禅师您，处理以往生意的办法，很不可靠，但没有那种弥漫宇宙的恶心感，特别是你们在黑边星超度船长那次，让我觉得可以请你们。"

空舟："那我还有个问题，你这月球海里，打算拿什么支付我？"

"二来，"鱼没回答，接着说自己的理由，"我从出生起就知道自己需要被两个学佛的超度，这就在我的意识中。我感到我曾经可能不是活在月球，而是地球上的一个印度人，我将来也不会再活在月球，还是会回到印度，去继续做一个王子，再次离家出走，坐在树下，然后再变成宇宙中某处的某个别的生物，周而复始。"

"可是，"澈丹惊住了，澈丹当然知道他是谁，"可是他已经……你也已经……你怎么会……"

鱼："宇宙中的事……"

"见笑了，"空舟打断了鱼的话，"我徒弟学法不精，问出这么粗陋的问题，耽误你上路了，我们开始吧。"

澈丹带着对错乱宇宙的疑惑，跟师父一起诵了经，超度了这个对自己意义重大的人，或者说，鱼。

宇宙中的东西，谁也不能说清它是什么。

5

空舟得到的报酬是一大堆排泄物。空舟让曹德赶紧密封好，尽快卖给月球上那些人的下家，应该能赚到不少，空舟很满意。

此刻奈何船已经离月球有一段距离了，它又变回了月亮，散发着淡黄色的光，照着人类的集体记忆。

鱼消失的一刻，奈何船就出现在了宇宙中，澈丹觉得，这跟自己之前做的梦毫无分别，他们刚刚经历的可能只是鱼的意识，也有可能是自己的意识。不过那堆排泄物倒是现实世界还勉力存在的证据。

澈丹："师父，你说它……它说的是真的吗？"

空舟："是。"

澈丹："它真是佛祖？"

空舟："我们都是。"

澈丹："不是，师父，不是这样解，就是说它，真的是转世吗？"

空舟："我们之前不还听说佛祖在某处做制片人吗，那也是真的吗？你也老大不小了，活在这个宇宙里，怎么还要问这些真假的问题。"

澈丹："你能不能正面回答我一次？"

空舟："也没有转世，它同时是佛祖，也是鱼。今天同时是几千年前，这里同时是印度，又什么都不是。"

澈丹还是没听懂："那它到底是不是佛祖啊？"

空舟："不是。你看它，死了以后，连个舍利都没有。"

空舟正面回答完，澈丹反倒落寞了，自己确实学法不精，这样追问，能得到什么答案，追求真假对错，对宇宙和自己又有什么好处。

澈丹："师父，你真的总做那种特别可怕的梦吗？给我讲讲呗？"

"讲了对你身体不好。"空舟躺到树下去，"可能是我们最近接活儿接太多了，我也该休息一阵子了。"

澈丹听出，师父后一句说的是"我"，不是"我们"。

只是月光正好，懒得纠缠了。

就让师父休息一下吧，反正他也一直在休息。

后记

这是一本轻松的书。

在飞来飞去录影的间隙写完的。

空舟和潋丹这两个人物，陪我度过了很多不太好过的日子，这回我把他们丢到了宇宙里，他们似乎也挺适应。

反正在哪儿都一样。

他们频繁接触死亡，并保持轻松。

写完这本，我应该会有段时间不再写他们了，他们得休息一下。

写作跟酒精一样，能得到直接作用于神经的快乐，在写的时候，我已经都得到了，出版之后你们喜不喜欢，依然是看缘分。

这本书比较完整，算是一本照顾读者的书，读起来应该挺顺的，希望你们开心。

总有人问我，想没想过人生会变成这样，以后会怎么样。

我总想，变成哪样了？我能怎么样？

都是无常。

感恩宇宙。

感恩佛祖。

2017 年

写在故事背后的故事

问：你对宇宙的理解是理性的还是感性的？

李诞：我希望我是理性的，也尽量以理性来认识宇宙，想从物理、数学等角度去理解它，但这很难，到最后往往还是会感性地表达。

爱因斯坦老师有句名言，"宇宙中最不可理解的事情，就是宇宙是可以被理解的"。宇宙除了有在理性上带给我们震撼感的神奇，还有另一个层面，也就是感性上的居然被我们理解了的神奇。

问：太多人说你是一个悲观的人，你承认吗？

李诞：我觉得我是一个尽可能客观的人，虽然几乎没人能做到足够客观，但我还是会在遇到事情的时候尽可能客观地去理解它。当一个人足够客观，就会知道宇宙是完全没有感情这一说的，它虽然很壮美，但同时也很残酷。在我客观地认识到这个事实之后，就会知道我的一些想法或认知可能是悲观的，但还是要乐观地生活。

问："天堂马戏团"里的小丑相信平行宇宙，你相信吗？如果有一个去平行宇宙的机会，你会去吗？

李诞：我其实不相信，但是能去的话我一定会去。

因为平行宇宙的概念只在数学上成立，要有这个机会的话，我得去看看这到底是不是真的。

问：《扯经》里的澈丹和空舟，从遗寺到了宇宙，他们变了吗？

李诞：他们没变，但是我应该变了。我写这本书的时候还小，差不多27岁，从27岁到33岁不算是岁数或者说代际上的飞跃，但可以算是我成长最快和人生巨变的几年。我现在的心境和当年相比已经不一样了，变化太大了。

问：假如你也生活在这个飞船里，你觉得自己更像谁？空舟、澈丹、荦荦还是曹德？

李诞：我其实是一个喜欢安全的人，所以我不太会选择这样的生活，他们的生活对我来说太冒险了。

问： 看起来有关超度的故事，真的只是在讲生死吗？

李诞： 生死不是唯一的大事吗？所有的故事都是生死故事的衍生。

问： 如何理解生死？和自己从小生活在牧区，有关系吗？

李诞： 有关系。生死在牧区是一种日常，见到了这些之后，就不觉得它有多么可怕。没有什么不好、不可谈论的，但同样它也是最重要的问题。

问： 如何看待无常？

李诞： 我觉得无常很科学，虽然这个词听起来"佛里佛气"的。其实把它换个说法就是不确定性。生活在今时今日这个世界，2022年的人，不用解释也知道不确定性是什么意思。它就是会很难受的，但没办法，我们还是得安顿好自己。

问： 为什么会说"人生天地间，忽如远行客"？

李诞： 对我来说，这不是一句诗，而是一个很客观的描述，就像你在雪地里走着走着突然会闪念，我在哪儿？我在干吗？就是这种感觉。生活中不能左右的事情太多了。

问： 你说，"在生活的城市里，要有一种游客的心态"，为什么？放大一点儿，在人生中、宇宙中也要这样吗？

李诞：当然。"说白了"这事儿就挺没意思的。

说白了，旅游就是挺没意思的，上车睡觉下车拍照，但是你别把它说白了呀，去体验、感受，这过程本身就挺有意思的。事儿说到底都是这样。

问：《老张求死》中有一句话"一瓶酒如果不喝，它始终都不是一瓶酒"，怎么说？

李诞：酒就得喝下去才能发挥作用，事儿你得经历了它才是事儿。

问：你提过一个观点，"少活一点儿形容词，多活一点儿动词"，为什么会这么说？

李诞：字面意思。形容词会让人糊涂，当然动词也糊涂，但至少把事儿给干了。

问：假如《银河系漫游指南》中有关于《宇宙超度指南》的定义，你觉得会怎么写？

李诞：一种蓝色星球上生物的消费品，他们称之为文化产品，虽然事实上不是。

A
/
B

A

几年前我有个想法，
大海和草原其实是一种东西。
几年后我搬到海边，
整天整天惦记草原。

B

"你去哪儿了？"
"门口坐一会儿。"
"门口有啥啊？"
"夏夜晚风。"

A

时间的线性是温柔的骗局。

B

隐私都藏在谎言里。

A

人唯一能得到的东西只有感觉。

B

别慌，

月亮也正在大海某处迷茫。

A

你好，你今年多大，

是否还在害怕误解？

B

宁静消失在你感受到它的那一刻。

A

我感觉好的时候，

我不是我。

B

"你去哪里啊！"

"我要去拯救世界。"

"哦，早点回来。"

宇宙幽微，

又有哪件事不是臆想？